Femme de la Côte

www.gesteditions.com

Catherine Simon-Goulletquer

Femme de la Côte

LA GESTE

À ma famille.

Aux ostréiculteurs de Marennes-Oléron

Les personnages de cet ouvrage sont bien réels. Néanmoins, afin de protéger la vie privée des principaux protagonistes, leurs noms ont été modifiés. Seuls les noms de ceux qui sont cités à titre purement factuel ou historique ont été maintenus.

AVANT-PROPOS

Bien que d'origine haut-saintongeaise, j'ignorais tout de l'ostréiculture de Marennes-Oléron avant ma première marée avec Lulu en 1988. Ce jour-là, j'ai découvert un autre monde à deux pas de ma porte. Une lumière, un univers entre terre et mer, une façon de vivre. J'ai su, dès ce moment-là, que j'écrirais un jour un livre sur l'ostréiculture. Mais je ne savais ni quand ni quoi. Il a fallu que la vie me ramène au pays, dix ans plus tard, après avoir roulé ma bosse et mis au monde deux enfants, pour que naisse ce projet.

Depuis quelque temps déjà, je nourrissais le désir d'écrire une biographie de femme. J'avais découvert, aux États-Unis, un courant d'universitaires s'attachant à retracer la vie des femmes contemporaines dans la globalité de leur expérience, c'est-à-dire décrivant à la fois leur vie professionnelle, leur vie privée, et l'interrelation entre les deux. C'était ce que je voulais entreprendre, tout en m'occupant de mes enfants. Après avoir lu un certain nombre de biographies de femmes célèbres, je m'étais rendu compte que, souvent, elles avaient réussi leur vie publique au détriment de leur vie de mère. N'est-il pas possible de réussir les deux? me demandai-je. Seul le temps apporterait une réponse à ma question. D'ici là, l'écriture me permettrait de conjuguer au mieux vie familiale et professionnelle. À condition, toutefois, de limiter mon champ de recherche à un périmètre géographique compatible avec le rythme des biberons et des sorties de maternelle.

Entre temps, l'ostréiculture était devenue à la mode. On n'a jamais autant parlé d'huîtres, jamais autant parlé de Marennes-Oléron. Mais, jusque-là, on n'en avait jamais parlé qu'au masculin. Il était temps d'en parler au féminin. Jeanne Monard a bien voulu se lancer avec moi dans cette aventure.

Jeanne a été une ostréicultrice d'une trempe exceptionnelle puisque, jusqu'à quatre-vingts ans, elle a exercé son métier avec la même passion. Mais en même temps, son expérience est assez représentative de la condition des femmes de son milieu et de son époque. À travers son portrait, c'est donc à toutes les ostréicultrices de Marennes-Oléron que j'ai voulu donner la parole.

Premièrement, parce qu'au-delà de l'histoire familiale qui lui est propre, elles ont en commun une même origine: des racines profondément ancrées dans l'histoire de la Saintonge maritime, de sa civilisation millénaire du sel, de son important commerce du sel et du vin avec l'Europe du Nord. Qu'ils soient de Brouage, de Saint-Trojan ou de La Tremblade, les ostréiculteurs et ostréicultrices de Marennes-Oléron sont nombreux à être issus de ces familles de petites gens qui ont longtemps vécu de la culture du sel, de la pêche et de l'agriculture avant de se lancer dans l'ostréiculture.

Deuxièmement, parce qu'elles ont également en commun une même culture. Car, dans le milieu ostréicole, l'évolution des rôles sexuels est liée à celle de la profession. Du temps où Jeanne était jeune, femmes et hommes se rendaient pareillement travailler en mer. Parce que le travail des femmes consistait à gratter ou à trier les huîtres sur les parcs à plat, à même le sol. Mais également parce que la navigation à la rame ou à la voile réclamait la présence de deux personnes sur le bateau.

Ce n'est que progressivement que le travail sur les parcs est devenu essentiellement masculin et celui à la cabane essentiellement féminin. La spécialisation des rôles s'est faite sur plusieurs générations. Divers facteurs ont entraîné cette mutation. D'abord, le travail en mer a été facilité par l'invention du moteur, dans les années 1930, puis par la modernisation des bateaux. Le temps et l'énergie gagnés grâce à la motorisation des déplacements sur les lieux de travail ont permis une augmentation de la productivité, donc la réalisation d'un même travail par une seule personne. Ensuite, à partir de 1970, le changement d'espèce d'huître et la généralisation de la culture en surélevé ont mis fin à l'activité traditionnellement féminine de grattage sur les parcs. Enfin, d'une génération à l'autre, le développement de l'entreprise a permis d'embaucher les enfants du concessionnaire ou du personnel salarié.

Les hommes et les femmes ont donc appris à occuper deux espaces distincts : l'extérieur et l'intérieur de la cabane. L'extérieur est devenu le domaine des hommes ; l'intérieur, celui des femmes et des enfants. Jusqu'à la puberté, en effet, ceux-ci restaient à la cabane près de leur mère, apprenant à ses côtés les rudiments du métier, d'abord en jouant avec les outils puis en mimant ses gestes. Ce n'est qu'à partir de la pré-adolescence que les garçons commençaient à suivre leur père sur les parcs pour apprendre le travail en mer avec lui, tandis que les filles secondaient leur mère à la cabane.

Le travail sur les parcs est devenu essentiellement masculin non pas parce qu'il exigeait des savoirs technologiques et scientifiques que la femme n'aurait pas eu la capacité de maîtriser, mais pour deux raisons majeures.

D'une part, la maternité. Car c'est bien le rôle de mère qui a imposé aux femmes des sociétés traditionnelles comme l'ostréiculture de rester travailler à la maison ou dans des servitudes proches de la maison. Du moins, jusqu'à ce que la société prenne leur relais en mettant en place des structures d'accueil préscolaires dignes de ce nom.

En Charente-Maritime, et en particulier sur le littoral, les premières salles d'asile[1] pour les enfants d'âge préscolaire furent créées très tôt, en réponse aux besoins des femmes de pêcheurs et de sauniers précisément. Les premières apparurent dès le second Empire. Mais les conditions d'accueil étaient difficiles avec des effectifs allant parfois jusqu'à 100 enfants par classe, des locaux insalubres, une pédagogie rudimentaire. Des conditions qui res-

1. Les salles d'asile, préfigurant les écoles maternelles, ont été créées par une circulaire de 1833.

semblent bien à ce qu'a vécu Jeanne pendant sa petite enfance.

Les écoles maternelles avaient certes été instituées dès 1887. Mais, dans la région, elles apparurent tardivement. Elles ont constitué un énorme progrès social, tout en déculpabilisant et rassurant les mères. Elles savent que leurs enfants sont en sécurité dans des structures où l'enfant est socialisé et éveillé à son environnement, par des professionnels qualifiés.

C'est là toute la différence, entre l'expérience de Jeanne et de sa belle-fille Colette. Jeanne, qui a débuté avec un bateau à voile, était obligée d'accompagner son mari en mer. N'ayant personne à qui confier son bébé, elle n'avait d'autre solution que de l'emmener avec eux ou de le confier à la garderie du village. On sait combien cette expérience lui fut pénible et a conditionné sa décision de ne pas avoir d'autre enfant. Une génération plus tard, sa belle-fille a pu, d'une part, élever ses enfants à la maison parce que Jeanne assumait, avec une salariée, le travail de la cabane ; et d'autre part, les conduire à l'école maternelle parce qu'elle disposait d'une voiture.

En retraçant la vie de Jeanne dans sa globalité, c'est donc non seulement une culture que j'ai pu mettre en évidence mais également une identité propre à toutes les ostréicultrices. Une identité dans laquelle l'enfant joue un rôle central parce que la mère assume encore dans ce milieu la plus importante part de son éducation.

Or, ce rôle nourricier et éducatif de la mère n'était pas reconnu jusqu'à ces dernières années. La femme a été cantonnée au travail de tri des huîtres et de fabrication des collecteurs à la cabane, parce que sa proximité géographique du lieu d'habitation lui permettait de conjuguer plus aisément ses rôles professionnel et familial. Son image a été dévalorisée parce que le travail à la cabane est essentiellement manuel, répétitif et facile à accomplir, dit-on. Mais le travail des hommes sur les parcs est-il différent par essence ?

La loi d'orientation sur la pêche et les cultures marines du 18 novembre 1997 vient juste d'accorder à toutes les femmes de pêcheurs et toutes les conchylicultrices de France le droit à une allocation de remplacement en cas de maternité. C'est pour elles, enfin, la reconnaissance du congé maternité dont les femmes de la société dominante jouissent déjà depuis fort longtemps. La possibilité de mieux vivre leur grossesse, de préparer leur famille à la naissance de l'enfant et d'initier avec lui une relation.

À ce jour, cependant, ce droit reste encore théorique, car il est lié au paiement de cotisations volontaires. Pour certaines entreprises familiales en difficulté économique, le coût de ces cotisations pourrait être un frein à la mise en application du droit. Les ostréiculteurs doivent pourtant être convaincus que le bénéfice du congé maternité pour la mère et pour l'enfant mérite bien le paiement de cotisations.

L'autre raison majeure, qui a contribué à une identité particulière de l'ostréicultrice non seulement en tant que mère mais en tant que femme, est liée au statut de marin. Pour pouvoir naviguer en mer à plus d'un mille et demi du lieu de mouillage de son bateau, il faut avoir le statut de marin, lequel ouvre droit aux prestations du régime social des marins. Celui-ci est le plus ancien de tous les régimes de protection sociale. Il a été créé par une ordonnance royale de 1670, instaurant un secours viager au profit de tous les anciens militaires et marins.

Or, jusqu'en 1963, le statut de marin était lié à *l'inscription maritime*. Depuis une ordonnance de 1673, tout inscrit maritime devait obligatoirement accomplir une période d'instruction militaire et pouvait être réquisitionné en temps de guerre. Les femmes n'y obtinrent accès qu'à partir du 28 janvier 1963. Le député maire de Cozes, M. Lacaze, républicain indépendant[2] et européen

2. Du parti des Indépendants et paysans.

convaincu, fit voter un décret qui substituait le statut de *marin de la marine marchande* à celui d'inscrit maritime, ouvrant du même coup tous les métiers de la mer aux femmes.

C'est une princesse polonaise, Sonia de Borodaewski, qui fut à l'initiative de cette révolution sociale. Elle avait été engagée, dans les années 1950, comme matelot sur le chalutier d'un armateur royannais. Au bout d'un an, les marins qui travaillaient à ses côtés, portèrent plainte auprès du Syndic des gens de mer de Royan. Ils l'accusèrent de naviguer illégalement, ce qui était vrai. Le Syndic transmit leur plainte à l'administrateur du quartier des Affaires Maritimes de Marennes qui lui interdit de naviguer. Comme elle passait outre l'injonction, l'administrateur menaça bientôt l'armateur d'une amende. Ce dernier fut contraint de lui demander de descendre à quai.

Mais c'était sans compter avec la pugnacité de Sonia qui décida de transgresser l'ordre établi par Colbert et de devenir armateur de pêche. Le décret du 20 août 1958 portant règlement d'administration publique pour la délivrance des titres exigés des capitaines, seconds ou lieutenants sur les navires de commerce, de pêche ou de plaisance stipulait que « *la navigation maritime exigée pour l'obtention des titres visés par le présent décret compte, à partir de l'âge de 15 ans, à condition d'avoir été accomplie comme inscrit maritime au service du pont à bord des bâtiments français de commerce de pêche ou de plaisance*».

Pendant dix ans, Madame de Borodaewski se battit bec et ongles contre les préjugés du milieu maritime et de l'administration pour le faire changer et exercer le métier de son choix. «*J'avais 95 % de la population de Royan contre moi*», me confia-t-elle quelque temps avant de s'éteindre en février 1999. Elle fut la première femme de France à pratiquer la pêche hauturière. Toutes les femmes marins lui sont redevables de leur statut.

Les femmes embarquées sur un rôle d'équipage pouvaient désormais prétendre à l'égalité des droits et, moyennant le paiement de cotisations, bénéficier des prestations sociales, en cas de maladie ou d'accident, d'incapacité de travail, ainsi que de la retraite du régime social des marins. En cas de maternité, elles pouvaient aussi prétendre à une indemnité de repos calculée en fonction du salaire forfaitaire.

Pour de nombreuses jeunes ostréicultrices, l'égalité des droits était à portée de main. D'autant que la Mutualité Sociale Agricole (MSA), créée en 1949, ouvrit également ses caisses aux conchyliculteurs qui restaient à terre et possédaient une superficie minimale de 35 ares. Dès 1956, les ostréiculteurs, à l'origine agriculteurs, purent bénéficier des premières prestations sociales de la MSA.

Malgré tout, ces lois n'eurent pas l'effet escompté, en particulier le décret de 1963. Certaines ostréicultrices se sont embarquées mais beaucoup ont dû renoncer à leur statut au bout de quelque temps. Des raisons économiques évidentes ont pu les pousser à renoncer à leurs droits sociaux auprès de l'ENIM (Établissement National des Invalides de la Marine) ou de la MSA (Mutualité Sociale Agricole) pendant cette période traversée par deux épizooties. Mais le coût des assurances sociales n'explique pas tout à lui seul.

Les mentalités furent autant à l'origine de la non-application de la loi que les difficultés économiques, au moins en ce qui concerne les entreprises moyennes et grandes. Un groupe d'ostréiculteurs ne déclarait-il pas en 1965[3] à propos de l'égalité absolue des droits pour les deux sexes: «*Nous pensions qu'il y a un risque de ce côté. Une femme mariée, par exemple, pourrait doubler la superficie des parcs de son mari, au risque de ne pouvoir les mettre tous en valeur*».

---

3. *Le Littoral*, 20 février 1965. Réflexion d'une équipe de recherche ostréicole.

Trente-cinq ans plus tard, l'argument prête à sourire. Toutefois, le machisme n'était pas l'apanage des ostréiculteurs. À Paris, Brigitte Bardot continuait de faire scandale. La France n'avait pas encore vécu mai 1968 et le renouveau féministe n'avait pas encore eu lieu.

Pendant des années, cependant, personne ne s'est offusqué du préjudice moral et social subi par les conchylicultrices. Pas même elles, les premières concernées. Elles se sont rangées aux côtés des hommes pour éviter de payer des assurances sociales. Du même coup, elles ont renoncé à un statut et à une identité propres. Pire, elles se sont laissées enfermer dans l'image péjorative de *femme de cabane*.

La société ostréicole est proche de la société paysanne traditionnelle dont elle est en partie issue. Dans celle-ci, le rôle de la femme était davantage celui d'une aide, au service des enfants, du mari, des aïeuls ou des animaux, que d'une professionnelle à part entière. Comment, pourtant, se voiler la face devant les risques encourus ? Du jour au lendemain, en cas de problème majeur, les femmes ayant droit de leur mari peuvent se retrouver dépouillées de toute leur existence. En cas de retraite, veuvage, de liquidation ou de vente de l'entreprise, ou encore de divorce, leur situation peut devenir catastrophique. Par exemple, une femme conchylicultrice dont le mari, seul embarqué, est concessionnaire en titre du domaine public maritime peut, lors d'un divorce, se retrouver évincée de l'entreprise qui lui a été transmise par sa famille.

Le décret de 1983, modifié en 1987, avait bien tenté de rétablir l'égalité entre les sexes par la création d'un système de codétention leur octroyant le droit d'exploiter ensemble. L'homme et la femme forment alors une société privée et désignent un responsable aux yeux de l'administration. Mais ce système ne reconnaissant qu'un chef d'exploitation, ce sont les hommes qui, dans la majorité des cas, ont continué d'être concessionnaires.

Le système de la codétention a certes ouvert de nouveaux droits aux femmes. En cas de divorce, par exemple, la moitié de la concession, de la cabane, des claires et de tous les matériels revient à la femme. L'ostréiculteur divorcé doit alors chercher de nouveaux parcs pour compléter sa concession[4]. Mais pour cette raison même, ce système n'a pas eu le succès escompté par l'administration. Il allait à l'encontre de la transmission des concessions de père en fils au sein d'une même lignée.

4. Lavallée 1996: 31.

Le plus souvent, en effet, l'ostréiculteur choisissait un fils pour lui succéder dans l'entreprise. Dans l'esprit de ces anciennes familles d'agriculteurs, de sauniers ou de pêcheurs, c'est toujours le fils qui devait poursuivre le travail du père, pour maintenir le nom de la lignée, avec toutes ses références culturelles, sociales et économiques. Ils craignaient que par son mariage la fille n'amenât le risque de porter la concession, à la mort de son père, dans une autre famille, sous un autre nom. Pourtant, depuis la loi du 6 Fructidor, an II[5], nul/le ne peut porter d'autre nom que son nom de naissance. Dans la pratique, la quasi-majorité des femmes continue à porter le nom de leur mari. Le nombre des codétentions est donc resté faible et régresse d'année en année.

En 1983, des ostréicultrices du bassin de Marennes-Oléron, réunies au sein de l'Association Professionnelle des Conchylicultrices du Bassin de Marennes-Oléron (APCBMO), ont repris le flambeau de la lutte pour la reconnaissance d'un statut de conjoint collaborateur de conchyliculteur. Près de quinze ans plus tard, la loi d'orientation pêche du 18 novembre 1997, le leur a finalement reconnu in extremis.

---

5. INSEE, 1995, Les femmes, Collections Contours et Caractères, p. 48.

Légalement, elles bénéficient aujourd'hui de nouveaux droits juridiques et économiques. En premier lieu, des droits d'information et de contrôle sur l'entreprise. Jusqu'à présent, par exemple, l'épouse était reconnue conjointement et solidairement responsable des emprunts de l'entreprise mais ne pouvait ni en souscrire à son nom, ni percevoir des capitaux ou faire des apports à une société à partir des biens communs. Elle dispose désormais d'un mandat général d'administration courante pour exercer au nom de l'entreprise des responsabilités liées à sa gestion et à sa direction.

Le nouveau statut leur ouvre également droit à la formation professionnelle. Les chefs d'entreprises de cultures marines occupant moins de dix salariés affiliés au régime social des marins, et, le cas échéant, leurs conjoints, collaborateurs ou associés, consacrent, chaque année, au financement de leurs propres actions de formation, une contribution qui ne peut être inférieure à 0,15 % du montant annuel du plafond de la sécurité sociale. Cette contribution est directement recouvrée et contrôlée par la Caisse nationale d'allocations familiales des pêches maritimes.

Au niveau social, moyennant une cotisation supplémentaire à celle du concessionnaire, elles bénéficient, d'avantages concernant la maternité et l'accident du travail, ainsi que d'une pension de retraite. Le décret du 15 septembre 1998 leur consent une assurance vieillesse à 55 ans, contre une cotisation proportionnelle. Le taux de cotisation est fixé à 8 % sur la base du salaire forfaitaire des conchyliculteurs. La pension est calculée à raison de 1 % du salaire forfaitaire par année de cotisation, dans la limite maximale de 37 années et demie.

Dans les très petites entreprises, où la femme travaille seule avec son mari, le couple peut également opter pour le système du partage des cotisations. À la retraite, le marin pourra percevoir, sur demande à l'ENIM, les deux tiers de sa pension ; son épouse, le troisième tiers. En cas de décès du mari, l'épouse percevra, outre ce troisième tiers, les 54 % des deux premiers tiers, correspondant à la pension de réversion dont bénéficiaient jusqu'à présent les femmes ayants droit.

La loi d'orientation de 1997 leur garantit aussi, en principe, des droits professionnels. En particulier, celui d'être représentées dans les instances professionnelles. À ce jour, les ayants droit ne peuvent toujours pas ni être électeurs ou éligibles au collège exploitant de la section régionale conchylicole ou du comité local des pêches maritimes, ni être représentés dans les organisations professionnelles auxquelles l'entreprise est adhérente.

L'expérience de Sonia de Borodaewski a montré que ce n'est pas parce qu'une loi existe qu'elle est forcément appliquée. Les ostréicultrices de l'APCBMO ont bien compris cela en fondant, le 5 mai 1998, avec d'autres associations de femmes de pêcheurs et de conchylicultrices du littoral, la Fédération Interrégionale Femmes du Littoral (FIFEL) afin de les représenter vis-à-vis des pouvoirs publics et à défendre leurs intérêts dans les décrets et arrêtés d'application à venir. Cet ouvrage est également destiné à les soutenir.

Je pense, sincèrement, qu'il est grand temps que les ostréicultrices puissent entrer à la section régionale, qu'elles puissent se faire entendre au sein de leur instance professionnelle. Non seulement parce qu'elles en ont la compétence, mais par nécessité économique.

La crise ostréicole actuelle du bassin de Marennes-Oléron se traduit par une disparition continue d'entreprises. Le bassin comptait 7298 concessionnaires en 1964. Ils sont aujourd'hui 1200 et leur nombre est appelé à diminuer encore.

L'histoire de Jeanne nous montre que l'ostréiculture traverse périodiquement, comme l'agriculture, des crises qui se traduisent par une concentration et un agrandissement des entreprises. En agriculture, la dernière crise a eu tendance à entraîner l'éviction du second actif, c'est-à-dire de l'épouse. Anne Guillou[6] a montré que, dans le Léon, pendant la crise agricole des années 1980, non seulement les entreprises les plus petites disparaissaient, mais les femmes étaient exclues de la terre et des travaux agricoles, pour être remplacées par des machines.

L'invisibilité des femmes dans l'économie conchylicole ne nous permet pas de vérifier si elles subissent aujourd'hui le même sort, puisque seul le concessionnaire est pris en compte par l'Administration des Affaires Maritimes. Elles n'apparaissent nulle part. La mécanisation des entreprises ostréicoles n'étant pas encore complète, la perte d'emplois féminins n'est peut-être pas aussi grave qu'en agriculture. Néanmoins, dans les entreprises moyennes et grandes, une partie des tâches féminines traditionnelles a tendance à être accomplie par des machines.

L'activité de détroquage, qui consiste à séparer, avec la démanchoire, les huîtres ayant poussé en paquets, peut être supprimée par l'utilisation de naissains d'écloseries. Les techniques de production de bébés huîtres en milieu artificiel sont

6. Guillou 1996 : 121.

au point depuis une dizaine d'années. Jusque-là, elles n'ont pas été adoptées dans les bassins traditionnels de captage de Marennes-Oléron ou d'Arcachon. Le tri par catégories d'huîtres commercialisables, a lui aussi tendance à être effectué, dans les entreprises artisanales et grandes, par des machines. La confection de collecteurs, qui consistait à enfiler des coquilles d'huîtres ou des cartelettes d'ardoises en chapelets ou cordées, a pratiquement disparu avec l'utilisation de collecteurs en plastique, prêts à l'emploi.

Le vide professionnel, provoqué par l'évolution des techniques, ne pourra que s'accentuer. L'emploi ne peut provenir du secteur primaire, puisque la tendance est à une industrialisation toujours plus grande de la production pour limiter ses coûts. Il ne peut donc venir que du secteur secondaire (mécanisation, industrie, transformation) ou tertiaire (commerce, services, culture, etc.).

En agriculture, la politique économique n'a pris en compte, jusque-là, qu'une activité de production toujours plus spécialisée et industrialisée, au détriment d'une gestion globale de l'écosystème. Elle a contribué à la suppression d'activités non rentables mais utiles, et à l'exclusion d'actifs, au premier rang desquels figurent les femmes. L'exploitation ne suffisant pas à nourrir la famille entière, certaines vont travailler dans la société dominante comme salariées. Il y a quelques années, les filles d'ostréiculteurs, exclues de la succession familiale, se préparaient à un métier extérieur à la profession. Mais, où les ostréicultrices de Marennes-Oléron pourraient-elles aujourd'hui se procurer un emploi, quand le taux de chômage est déjà très élevé dans certaines communes ?

Elles sont obligées de s'inventer un avenir sur place. Pour assurer la survie de leur entreprise, hommes et femmes doivent se serrer les coudes, chercher ensemble de nouvelles solutions économiques pour vivre, au moins jusqu'à l'âge de la retraite. Le rôle de la femme est plus vital que jamais.

Face à ce défi historique, des ostréicultrices de Marennes-Oléron ont montré, depuis plusieurs années, qu'elles avaient des ressources propres. Les savoir-être et savoir-faire traditionnellement féminins peuvent être la source de gisements d'emploi nouveaux. Elles ont été les premières à se lancer dans des activités de diversification à caractère touristique et culturel. Dans le cadre de l'Association Terres Marines, elles ont lancé un tourisme bleu comparable au tourisme vert agricole, en accueillant les estivants dans leurs cabanes. Moins sectaires que leurs époux, elles ont ouvert leurs portes aux hommes qui proposent aux touristes une visite de leurs parcs, en mer, le temps d'une marée. Elles ont aussi accueilli en leur sein d'autres associations de valorisation du patrimoine conchylicole.

D'année en année, leur succès va grandissant. À ce jour, pourtant, leur action ne constitue que la partie émergée de l'iceberg. Tout reste à faire, j'en suis convaincue, pour développer un tourisme culturel reposant sur le patrimoine ostréicole à l'échelle du bassin de Marennes-Oléron. Il appartient aux instances professionnelles et aux autorités politiques locales de favoriser le développement de ce champ d'activités dont la valeur dépasse, de loin, le seul cadre économique.

Mais cette prise en compte passe d'abord par la reconnaissance effective du statut de conjoint collaborateur à l'intérieur du couple, au sein de l'entreprise familiale, et par une représentation des femmes à la section régionale conchylicole. Il y a urgence.

CHAPITRE 1
Des sauniers devenus cultivateurs propriétaires

Jeanne Monard est née à Ors, sur la commune du Château-d'Oléron, en 1919. Enfant, elle allait souvent jouer sur La Grosse Pierre, un mégalithe élevé sur une langue de terre face au continent. Juchée sur son tertre, elle contemplait l'écume léchant le pied de Fort Louvois. Les bateaux à vapeur de la Compagnie Oléronaise faisaient la navette entre les ports du Chapus et du Château-d'Oléron. Sous la lumière océane, elle se laissait bercer par leur doux ronron. Elle était alors bien loin de se douter que son village était l'un des plus anciens de Saintonge.

Ors a en effet été habité dès le Néolithique par trois cultures successives : les Matignons, les Peu-Richardiens et les Artenaciens. Depuis les Matignons, on enterrait les morts sous des dolmens, construits avec des dalles arrachées au flanc des falaises[7]. Ainsi, le monstre de pierre sur lequel elle était installée, était-il le vestige de 3 000 ans d'Histoire.

Aujourd'hui, Jeanne connaît toujours peu ces temps immémoriaux mais ce qu'elle sait, c'est que sa lignée maternelle a toujours vécu là, dans la rue principale du village, où elle habite encore.

«*Mon grand-père, Eugène Honoré Lotard, y est né le 22 août 1860*», *dit-elle. Son père, Louis Honoré Lotard, était saunier. Autrement dit, cultivateur de sel.* «*Il avait épousé une femme du village voisin de La Bordelinière, Claire Désirée Chaleuil*», poursuit-elle.

Eugène ne quitta son village que pour accomplir son service militaire. Ce jeune homme d'un mètre soixante-trois, au visage ovale éclairé d'un regard bleu et d'une chevelure rousse, avait à peine vingt-et-un ans lorsqu'il rejoignit le 80e régiment d'infanterie le 14 septembre 1881. Il y fut fait caporal.

«*Peu après son retour au pays, le 20 août 1885, il épousait, à la mairie du Château-d'Oléron, Émilie Joséphine Moinard, raconte Jeanne; elle était née le 27 novembre 1862 dans un autre village voisin, celui de La Chevalerie*». Elle portait les deux prénoms d'une sœur décédée en bas

7. Thomas 1985: 17.

âge quelques années auparavant. Avec son frère jumeau, Louis Joseph, ils étaient les derniers des huit enfants mis au monde par Elizabeth Ange. Leur père, Emmanuel Joseph Moinard, était agriculteur.

Émilie vint s'installer à Ors avec Eugène et sa famille. « *Ils vécurent d'abord dans la maison du Fief de Pairpouil, explique Jeanne ; c'est là qu'Émilie mit au monde leurs deux filles* ». À peine un an après leur mariage, le 3 août 1886, naissait en effet l'aînée, la mère de Jeanne, Florida. Une année plus tard, sa cadette, Mélina, voyait à son tour le jour dans l'échoppe familiale.

En 1901, Eugène et Émilie élirent domicile dans une nouvelle demeure, au lieu-dit de la Pièce des Joncs, juste un peu plus loin au bord de la route principale du village. Jeanne se souvient bien de la maison de ses grands-parents. Dans les années 1920, « *elle comprenait quatre pièces, réparties par moitié de chaque côté du couloir central : une cuisine et trois chambres, raconte-t-elle ; le sol était revêtu d'un carrelage à fond blanc, orné de petits motifs géométriques noirs. Dans la cuisine, un feu crépitait à longueur de journée dans la cheminée de pierre de taille pour faire cuire le repas et chauffer la pièce* », se souvient-elle. « *La pièce était meublée d'un cabinet*[8] *rempli de linge,*

8. Armoire traditionnelle saintongeaise.

de deux tables et de chaises. La première table servait à poser la bassine dans laquelle on se lavait les mains. L'eau était tirée au puits trônant au beau milieu du jardin. La seconde, à prendre les repas familiaux», poursuit-elle.

À l'intérieur comme à l'extérieur de la maison, les murs étaient blanchis à la chaux. Des contrevents gris encadraient les fenêtres rectangulaires. Dans le fond du jardin, des dépendances abritaient un petit élevage domestique pour la consommation de la famille.

La taille de la maison témoignait d'une certaine aisance sociale. Jusqu'en 1850, en effet, la plupart des maisons paysannes saintongeaises ne comptaient qu'une seule pièce. On les appelait des chambres. À partir de cette époque, on vit apparaître des maisons comprenant un couloir central flanqué d'une pièce de chaque côté[9]. La maison Lotard en comptait deux à chaque aile. C'était tout dire.

Eugène et Émilie vécurent dans cette bâtisse jusqu'à leur mort en 1916 et 1925 respectivement. Jeanne n'a jamais connu son grand-père. «*Ma mère m'a toujours dit qu'il avait succombé d'une crise de foie à la suite d'un naufrage*», confie-t-elle. « *Quant à ma grand-mère, je ne garde d'elle qu'un vague souvenir. Elle est décédée d'un malaise*

9. Combes & Fortin 1990.

cardiaque alors qu'elle vendangeait». Jeanne avait tout juste six ans. Les parents de Jeanne auraient pu continuer à entretenir sa mémoire mais ce ne fut pas le cas. «*Je n'ai jamais rien su d'autre sur ma grand-mère maternelle*», fait-elle en cherchant dans sa mémoire.

Comme ses ancêtres, depuis des siècles, Eugène devint saunier. Le sel était cultivé en Saintonge depuis le VIIe siècle[10]. À Ors, les premières salines étaient apparues vers 1050. En l'espace d'un millénaire, cependant, la géographie de la saline n'avait guère changé. L'art de cultiver le sel non plus. Ainsi, Eugène avait-il appris de son père les gestes que les hommes de sa lignée se transmettaient d'une génération à l'autre.

À force d'accompagner son père au marais, il finit par tout connaître du métier. Enfant, il se contentait de l'observer puis d'imiter ses gestes. Petit à petit, son père lui confia certaines tâches. Pas forcément les plus simples mais celles qui permettaient d'assurer le bon fonctionnement du marais. Vers l'âge de seize ans, il en savait assez pour cultiver son propre champ. Il était lui aussi devenu saunier à part entière. Encore lui fallait-il disposer d'un marais pour pouvoir le cultiver.

Or, les ancêtres d'Eugène et d'Émilie, identifiés dans les registres d'État civil comme sau-

10. *Chronique de Saint-Denis*, livre V, chapitre V.

niers, ne furent vraisemblablement, pendant des siècles, que des métayers au service d'un *maître de marais*. Parmi ces métayers, on distinguait encore deux statuts différents : celui de simple métayer au tiers ou bien de métayer *lettrier*.

La lettre était un acte authentique sous seing privé par lequel le maître octroyait au saunier le droit de cultiver son marais et de récolter la totalité des grains produits sur les bosses adjacentes. Le saunier lettrier disposait d'un statut très privilégié. Avec ce contrat, il ne pouvait être chassé que dans des cas extrêmes d'incompétence ou de négligence. Encore fallait-il qu'ils fussent constatés par un expert sur réquisition du propriétaire et en présence du saunier. Enfin, il pouvait transmettre son droit, le constituer en dot à ses enfants ou le vendre.

Les sauniers *lettriers* recevaient la moitié du prix des ventes de sel. En contrepartie, ils avaient la charge des grosses réparations des servitudes du marais. Le propriétaire était néanmoins tenu de payer la moitié de la dépense relative à la reconstruction du marais. Les sauniers au tiers recevaient un tiers du prix des ventes sur le sel. Ils étaient dits annuels. Ils pouvaient être engagés ou chassés chaque année le 29 septembre, à la Saint-Michel. Les archives familiales ne comptent pas de lettre. Néanmoins, les registres d'État Civil montrent que les ancêtres d'Émilie et Eugène ont vécu, d'une génération à l'autre, au même endroit. De leur stabilité familiale, peut-on conclure à une stabilité professionnelle acquise par le biais d'une lettre? «*Je l'ignore*», dit Jeanne.

En parallèle à leur statut de métayers, les Lotard réussirent néanmoins, à partir de la Révolution, à s'approprier quelques lopins de terre. L'abolition des privilèges, le 4 août 1789, leur avait ouvert l'accès à la propriété. Les archives familiales font état de l'achat de trois ou quatre ares de vignes, de joncs ou de terres par-ci, de deux aires saunantes par-là. La propriété était très morcelée et exiguë dans l'île.

Ainsi, chaque génération contribua-t-elle, à force de travail et d'économies, à consolider le patrimoine familial. Mais Eugène sans doute plus que les autres. Il profita du sursis dont bénéficia la saliculture oléronaise[11] pour racheter des marais abandonnés par leurs propriétaires. «*À son décès, en 1916, il était devenu un important propriétaire de marais salants avec 75 aires à*

11. À partir de 1820, les superficies de marais salants en exploitation dans l'arrondissement de Marennes ne cessèrent de diminuer. L'île d'Oléron récupéra les marchés abandonnés par le continent. En 1905, la production de sel y atteignait encore entre 20 000 et 30 000 tonnes par an. Elle disparut complètement à partir des années 1930.

la prise du Jas, 10 aires à la prise de Barattes et 5 aires à la prise d'Oulme», souligne-t-elle.

Louis, le père de Jeanne, fut le dernier membre de la famille à cultiver le sel. «*En 1911, mon grand-père Eugène avait acheté en son nom, lors d'une vente aux enchères à la bougie, 4,75 hectares de marais salants à la prise d'Oulme. Vers 1920, il hérita encore de son père Augustin de plus de deux autres hectares de marais salants sur le Ruisson du Rosier*», raconte Jeanne. Mais le sel ne valait plus rien. «*Il me disait toujours qu'il ne profitait qu'aux gros bonnets*», ajoute-t-elle.

Comme tout saunier, Eugène était aussi cultivateur. La civilisation du sel, nous l'avons vu, reposait sur une caste de propriétaires de marais. Ils étaient à peine plus d'une centaine en 1820 dans l'arrondissement de Marennes. Des centaines de métayers travaillaient pour leur compte, sous la surveillance des maîtres sauniers.

Pour nourrir leurs familles, les sauniers avaient obtenu, de leurs propriétaires, le droit de cultiver les bosses du marais, ces larges bandes de terre élevées entre les prises avec la terre retirée du sol. «*Ils y faisaient pousser des céréales et des légumes: de l'orge, du méteil ou du blé méteil, du froment barbu, de la luzerne, des pois, des fèves*», dit Jeanne.

Eugène cultivait ses bosses quand le marais ne réclamait pas sa présence. « *La prise d'Oulme porte encore la marque des sillons qu'il creusait pour semer ses fèves* », raconte Jeanne. Sa femme et ses filles venaient ensuite lui porter main forte au moment de la récolte.

Le travail était harassant mais le jeu en valait la chandelle. Les bosses fournissaient assez à manger pour toute la famille et pour le petit élevage dont Émilie avait la charge. Compte tenu de leurs moyens de production, celui-ci se limitait à ce dont ils avaient besoin pour manger. « *Ils n'élevaient que le cochon, les volailles et les lapins nécessaires à leur consommation personnelle* », explique Jeanne.

Enfin, Eugène était aussi viticulteur. « *Comme l'avaient été ses ancêtres, comme l'étaient tous les paysans de l'île* », souligne-t-elle. La vigne avait été cultivée en Oléron depuis le Moyen Âge. Elle y avait été introduite, au cours de la seconde moitié du XIIe siècle, par des moines de l'Abbaye de Vendôme. À cette époque, on produisait déjà, en Aunis et en Basse Saintonge, du vin de grande qualité qui était exporté, en même temps que le sel, vers l'Europe du Nord[12].

Jusqu'en 1789, le vignoble oléronais continuerait son expansion grâce aux marchands

12. Julien-Labruyère 1982, I : 306.

de l'Europe du Nord. Les navires étrangers venaient toujours acheter une bonne partie du vin fourni par les 4 260 hectares du vignoble oléronais. Hélas, la Révolution, puis le Blocus continental contre la France, de 1806 à 1812, mettraient un terme provisoire à son expansion.

La crise, cependant, ne fut pas néfaste à tous. En effet, le commerce du vin oléronais reprit après la chute de Napoléon Ier en 1815, sous l'impulsion des bourgeois qui avaient racheté les vignes de l'ancienne noblesse. Il semble aussi que ce soit à cette même époque, que la famille d'Eugène ait réussi à s'approprier ses premiers ares de vignes blanches et rouges.

Elle bénéficia ensuite non seulement de la création de la route départementale dans l'île, qui favorisa le commerce, mais aussi d'un véritable âge d'or du cognac. La signature, en 1860, d'un traité de libre-échange entre la France et l'Angleterre, entraîna une ère de prospérité sans précédent dans la région. Pendant plus d'une décennie, négociants et viticulteurs s'enrichirent énormément[13].

Hélas, l'apparition du phylloxéra en Charente, vers 1870, mit fin à cette période faste. Pendant quelques années, l'île d'Oléron sembla à l'abri du puceron qui colonisait et détruisait

13. Simon 1985 : 28.

les ceps de vigne. Toute importation de végétaux d'arbustes, de sarments de vigne et de terre y était interdite. Ses habitants tombèrent sous le choc quand, en 1879, un premier cas fut signalé à Dolus[14]. Dans l'île, les vignes furent dévastées en deux ou trois ans. En 1886, seulement un quart du vignoble restait en exploitation. Cette année-là, le beau-père d'Eugène avait effectué une donation au profit de ses enfants. « *Les dettes dépassaient, hélas, la valeur de l'héritage* », dit Jeanne. La famille s'était refusée à inscrire la cause de la faillite dans l'acte de donation. Il y a fort à parier que le puceron fut à l'origine de ce déshonneur.

Eugène avait à peine vingt ans quand le fléau apparut. Il entrait dans la vie professionnelle au moment d'une grave crise écologique. Une expérience que connaîtront aussi son gendre Louis, dans les années 1920, avec l'épizootie de l'huître plate, puis son arrière petit-fils Michel, en 1970, avec l'épizootie de l'huître portugaise. « *Il fallait du courage pour ne pas céder au désespoir au moment où toute une activité économique s'écroulait* », soutient Jeanne.

La ruine du vignoble aurait cependant du bon pour tous ceux qui, comme Eugène et les siens, n'étaient encore que de très petits proprié-

14. *Les cahiers d'Oléron* 1994 : 10

taires. Elle engendra un effondrement du prix des terrains, qui leur permit de se les approprier. À son décès, en 1916, Eugène possédait 2,25 hectares de vignes.

«*À partir de 1890, il commença lui aussi à planter ses terres avec le nouveau cépage greffé sur des plants américains, l'Ugni Blanc*», explique-t-elle. Grâce à l'introduction du porte-greffe américain, les ceps survécurent. En 1902, le vignoble de l'île était pratiquement reconstitué. Il s'étendait sur 3 910 hectares; ce qui était très proche des 4 300 hectares de 1850[15].

Eugène produisait du vin blanc qu'il expédiait par gros fûts. «*Un de mes oncles qui était roulier*[16]*, le transportait jusqu'au chai de Monsieur Couneau, au Trait d'Union, près de Saint-Georges-d'Oléron, où il était distillé*», raconte Jeanne.

Ainsi, Eugène pratiqua, sa vie durant, la culture du sel, des céréales, des légumes et du vin. Il avait appris, comme tous les cultivateurs de l'île depuis des siècles, à tirer parti de la polyculture pour survivre, mais aussi pour essayer de s'approprier la terre. En jonglant avec les cultures, ces petits paysans accumulaient, année

---

15. *Les cahiers d'Oléron* 1994: 14

16. Le roulier transportait des marchandises avec un ou plusieurs chevaux et une charrette.

après année, le pécule qui leur permettrait, le jour venu, d'acheter un nouveau lopin.

Il fut vraisemblablement l'un des rares hommes de sa lignée à connaître une période de rupture économique aussi radicale dans la vie paysanne oléronaise. L'abolition des privilèges, à la Révolution, avait permis aux ancêtres d'Eugène d'accéder à la propreté. Dès lors, le travail et la production avaient été leurs atouts maîtres pour pouvoir y parvenir. La raison de vivre même des ancêtres d'Eugène, pendant des siècles, avait été ce désir de possession de la terre. Ils entretenaient avec elle un rapport charnel, passionnel. Ils s'étaient battus, jour après jour, pour lui extirper le fruit de leur subsistance. « *C'était leur terre* », insiste Jeanne. Ils savaient que seule l'accession à la propriété leur permettrait d'accéder à une dignité nouvelle d'homme, de citoyen à part entière. L'exode, d'abord de la noblesse après la Révolution au XVIIIe siècle, puis des bourgeois après le phylloxéra au XIXe siècle, leur permit d'atteindre ce rang tant convoité de cultivateur propriétaire.

Le développement du progrès technologique, en particulier l'avènement du chemin de fer et la modernisation des transports, serait un important facteur de leur évolution économique. Néanmoins, deux autres facteurs au moins seraient à y ajouter: l'éducation et la sexualité.

On sait en effet que l'aisance sociale va de pair avec l'éducation. Or, les hommes de la lignée ont su signer leur nom, au bas des documents officiels, depuis au moins cinq générations. Sans doute avaient-ils fréquenté l'école au moins assez longtemps pour savoir écrire.

La contraception naturelle fut aussi vraisemblablement source de développement économique et social de la famille. À partir de la fin du XIXe siècle, certaines familles cherchèrent à maîtriser leur fécondité pour acquérir un meilleur niveau de vie. «*Les Lotard n'ont eu, sur plusieurs générations, que deux à trois enfants*», dit Jeanne. Dans le même temps, il semblerait que les Monard en eurent davantage. Ce qui pourrait peut-être en partie expliquer l'infériorité du statut économique des grands-parents paternels de Jeanne par rapport à ses grands-parents maternels.

Eugène devint l'un des trois plus importants propriétaires d'Ors. «*Dans le village, les Lotard vinrent à incarner l'aisance sociale et la réussite*», pense-t-elle. Ainsi, acheta-t-il, en copropriété avec son cousin germain, pour le mariage de sa fille aînée Florida, la seule grande maison bourgeoise de la rue principale d'Ors. Un homme du continent l'avait faite construire pour venir en villégiature dans l'île.

Le XXe siècle s'annonçait prometteur pour Eugène et les siens. Hélas, leur bonheur serait éphémère. La guerre de 1914-1918 jetterait à nouveau la désolation sur la campagne oléronaise. Le départ des hommes pour le Front, entraînant une pénurie de main-d'œuvre, eut de graves conséquences sur le vignoble et le marais…

Les grands-parents paternels de Jeanne habitaient à Trillou sur la commune de Saint-Trojan[17]. « *Je les ai moins fréquentés que l'autre branche de ma famille*, explique Jeanne ; *à l'époque, les moyens de locomotion étaient rares. Les gens ne se déplaçaient que pour des occasions très spéciales. Je devais attendre que mon père aille, avec son cheval et sa charrette, donner un coup de main à mon grand-père Augustin pour les voir* », raconte-t-elle. Ainsi, n'a-t-elle jamais vraiment connu sa grand-mère Adeline. Elle garde d'elle le souvenir d'une personne méchante, donc vraisemblablement peu heureuse. Plus tard, seulement, elle passa plus de temps avec son grand-père. Après le décès de son épouse, il vécut un mois à tour de rôle chez chacun de ses trois fils. « *C'était un brave homme, toujours content, qui passa toute sa*

17. Le village est aujourd'hui rattaché à la commune de Dolus.

vie à labourer ses champs à la pioche », se souvient-elle. Augustin et Louis, le grand-père paternel et le père de Jeanne, sont les deux personnages de la dynastie familiale les plus présents dans sa mémoire. Ce sont vraisemblablement aussi ceux qui ont eu le plus d'influence sur elle, au moins du point de vue professionnel.

Angéline Henriette Chaleuil, dite Adeline, la grand-mère paternelle de Jeanne, était née à Deu, sur la commune de Dolus, le 22 mars 1854. C'était la fille du saunier Pierre Olivier Chaleuil et de Marie Mérin, originaire du même village. « *Elle avait appris le métier de couturière mais ne l'exerça que pour sa famille* », dit Jeanne.

Le grand-père paternel de Jeanne, Louis Augustin, dit Augustin, était l'un des trois enfants du saunier Jean Monard et de Madeleine Rondeau. Il était né le 24 novembre 1849 à Trillou. Au XVIIe siècle déjà, et peut-être avant, les ancêtres paternels d'Augustin habitaient Trillou. « *La maison familiale, telle que je l'ai connue, dit Jeanne; comportait deux pièces : la pièce à vivre qui, à l'origine, avait dû être l'unique pièce de la maison, et une chambre, toutes deux surmontées d'un grenier à céréales* ».

Adeline et Augustin s'étaient mariés à Dolus le 29 janvier 1877. Ils eurent trois garçons : Lucien, l'aîné, né le 25 septembre 1878. Émile

Louis dit Louis, le père de Jeanne, né le 16 mai 1883 et le petit dernier, Albert Augustin Gaston, dit Augustin, né le 29 juillet 1885.

Comme Eugène, Augustin cultiva lui aussi le sel et quelques arpents de terre. Comme lui aussi, il passa de son vivant du statut de saunier à celui de cultivateur propriétaire. « *Le 13 janvier 1889, il devint propriétaire de 30 aires de marais salants et de leurs servitudes, à la Prise de Pénadeau, sur la commune du Château-d'Oléron, à la suite d'un échange avec sa sœur Angèle* », explique Jeanne. En 1895, il fit à nouveau l'acquisition de marais salants. « *Il racheta à ses propriétaires du Château-d'Oléron, ceux qu'il avait cultivés toute sa vie* », poursuit-elle. Contre 1 800 francs de l'époque, il devint maître de 50 aires saunantes, de bosses, de jas, conches et sartières à la prise du Rosier.

La vie des Monard ressemblait donc beaucoup à celle des Lotard. Les hommes cultivaient le marais et la vigne et fabriquaient le sel, le vin et les céréales. Les femmes élevaient les enfants et s'occupaient des vaches et de la basse-cour. Elles fabriquaient aussi le beurre et produisaient des légumes pour la consommation familiale. Chacun, homme, femme, enfant, avait son rôle à tenir pour contribuer à l'exploitation de la propriété familiale.

Aux yeux de Jeanne, ses grands-parents, du côté maternel comme du côté paternel, avaient peu d'argent « *mais ils étaient tout de même bien assis socialement* ». La lignée maternelle étant, comme en atteste la taille de leur demeure, plus aisée que la lignée paternelle. À l'époque, le patrimoine était pratiquement l'unique signe extérieur de richesse.

Comme tous les paysans oléronais, ils vivaient en autarcie. Ils achetaient seulement du pain, rarement de la viande, quelques outils et des étoffes. L'argent était rare dans l'île et les terres, même les mieux cultivées, n'avaient que peu de valeur.

Leur vie était donc ainsi faite de beaucoup de travail et de peu d'argent. « *Mais puisque tout le monde (tout au moins ceux qui cultivaient la terre) était logé à la même enseigne, ils n'avaient pas de raison d'en souffrir* », pense Jeanne. Au contraire, ils portaient en eux l'espoir de réussir. « *L'argent, ils le gardaient précieusement pour acheter des biens, dit-elle ; pour eux, la terre, c'était sacré !* »

CHAPITRE 2
La fin de l'innocence

Florida Lotard grandit à Ors. Pour la première fois peut-être, dans l'histoire des Lotard, elle allait, avec sa cadette Mélina, fréquenter l'école. La première femme de la lignée à avoir su signer son nom fut l'arrière-arrière grand-mère maternelle de Jeanne, Geneviève Elizabeth Gabeulet. Elle était née en 1783. Aucune preuve ne nous assure, cependant, qu'elle ou d'autres ancêtres féminines de Jeanne aient été scolarisées avant sa mère et sa tante.

Florida et Mélina étaient nées quelques années à peine après le vote des lois Jules Ferry qui, sous la IIIe République, généralisèrent l'éducation. En 1881, une première loi avait institué la gratuité de l'instruction. L'année suivante, une deuxième[18] l'avait rendue obligatoire pour tous les enfants de six à treize ans et laïque.

---

18. Loi du 28 mars 1882.

Cependant, l'année où Florida commença sa scolarité, il n'y avait toujours pas d'école publique de filles dans la commune. Elle ne fut construite qu'en 1892. «*Elle fréquenta l'école privée des Filles de la Sagesse du Château-d'Oléron*», assure Jeanne. Celle-ci avait été laïcisée en 1886. Elle aurait pu rejoindre l'école publique lorsque Mélina fut en âge, à son tour, d'être scolarisée. «*Par commodité, sans doute, elles restèrent à l'école privée*», se dit-elle. À moins qu'Eugène et Émilie n'aient délibérément opté pour l'école congréganiste, moins pour leurs convictions religieuses que pour sa réputation bien établie.

En effet, elle avait pour vocation d'éduquer la jeune fille bourgeoise de l'époque. Son objectif visait donc avant tout à lui transmettre une morale familiale où l'enseignement religieux occupait une place fondamentale. La formation du caractère, du cœur et de la conscience était privilégiée à l'éveil intellectuel[19]. Ce n'était pas l'instruction qui guidait et structurait la formation féminine mais la religion.

Les élèves instruites par ces enseignantes ne pouvaient que devenir des jeunes filles respectables. Il se peut que la réputation acquise par l'école privée et le contenu même de la formation aient poussé Eugène et Émilie à y laisser

19. Lévy 1984 : 10.

leurs filles jusqu'à la fin de leur scolarité. Ainsi, avaient-ils l'assurance de leur offrir une éducation bourgeoise et catholique qui venait conforter leur statut de cultivateur propriétaire et leur appartenance religieuse.

Après leur scolarité, Florida et Mélina continuèrent à travailler avec leurs parents jusqu'à leur mariage. « *Elles aidaient aux champs, aux tâches ménagères, à la cuisine et la lessive et s'occupaient de la basse-cour*, dit Jeanne ; l*e soir, à la veillée, elles constituaient, pièce après pièce, leur trousseau de mariage. Elles brodaient en rouge au point de croix leurs initiales sur leurs chemises et leurs draps* », poursuit-elle. Elles vivaient dans l'attente du mariage qui leur conférerait le statut d'épouse…

De Trillou, Louis se rendait à l'école à pied. Jeanne pensait qu'il avait fréquenté l'école publique de Saint-Trojan. Mais elle n'a ouvert ses portes qu'en 1903. C'est donc sûrement à l'école du Château-d'Oléron qu'il se rendait, en sabots de bois, dans le froid et la nuit de l'hiver. « *Heureusement, il ne partait jamais seul mais en bande, avec ses frères et ses voisins* », souligne-t-elle, avec compassion.

À l'école républicaine, l'enseignement s'appuyait sur la morale pour former les hommes à l'esprit de la République. La scolarisation était obligatoire jusqu'à treize ans mais la fréquentation des écoles n'était pas encore régulière. Dans le département, les travaux des champs mobilisaient tous les villageois, jeunes ou moins jeunes. Ainsi, une bonne partie des élèves désertait-elle la classe quatre mois par an environ. Louis et ses frères cessaient probablement l'école chaque année dès le mois de juin pour aider leur père à la fenaison et à la saunaison.

Louis obtint néanmoins son certificat d'études. «*Après sa scolarité, il continua à travailler quelques années avec son père*», raconte Jeanne. Il avait presque treize ans et son frère aîné Lucien dix-sept, lorsque leur père racheta les 50 aires de marais salants à leurs anciens propriétaires. C'était, certes, une occasion à ne pas manquer. Mais le potentiel de main-d'œuvre que représentaient ces deux adolescents entra certainement beaucoup dans la décision de leur père. Lucien avait dépassé le stade de l'apprentissage et Louis était à deux doigts de se débrouiller seul. Pendant plusieurs années, il pourrait bénéficier de leur aide pour consolider son patrimoine.

«*À son mariage, Lucien partit vivre chez son beau-père, Désiré Loiseau, cultivateur propriétaire au Petit Village*», explique Jeanne. «*Mon père continua, avec son frère cadet, à travailler chez son père. Mais l'exploitation familiale ne suffisait pas*». En 1906, d'après le Recensement, le jeune Augustin, bien que vivant toujours chez ses parents, travaillait comme journalier chez des voisins.

Du 15 novembre 1904 au 11 février 1907, Louis accomplit à son tour son service militaire. Comme son frère aîné, il faisait partie des jeunes conscrits tirés au sort. Il fut incorporé au 31e régiment d'infanterie comme soldat de 2e classe.

À son retour, il reprit à travailler chez son père en attendant l'heure de prendre épouse et de s'installer. Le travail manuel des champs lui laissait l'esprit libre de rêver au bal du dimanche. À partir de la belle saison, chaque village organisait tour à tour une fête.

«*C'est dans l'une de ces fêtes de village qu'il a dû rencontrer ma mère*», pense Jeanne. Il est tout aussi possible qu'ils se soient connus lors d'une fête familiale élargie. En effet, même si aucun lien de parenté directe n'a pu être établi sur six générations entre les deux familles, dans lesquelles on retrouve les mêmes patronymes, on observe des liens proches entre elles. Ainsi, un beau-frère du grand-père maternel de Jeanne, Bénoni Monard, et son arrière-grand-père paternel, Jean Monard, avaient tous les deux épousé des femmes d'une même famille, Élodie et Madeleine Rondeau.

À moins que ce ne fût une alliance arrangée. Au début du siècle, le mariage était encore souvent, en milieu rural, une affaire de familles. Jusqu'en 1914, il restait en effet régi par des règles très strictes. Engageant tout l'avenir de l'exploitation familiale, il était l'occasion d'une transaction économique de la plus haute importance. Il contribuait à réaffirmer la hiérarchie sociale et la position de la famille dans la communauté. Il était donc l'affaire de tout le groupe plus que de l'individu. C'est la famille qui mariait et l'on épousait une famille[20].

L'île d'Oléron aurait-elle fait abstraction à cette règle ? Marcel Delafosse[21] prétend que ses habitants auraient bénéficié de libertés particulières dès le Moyen Âge. Elles portèrent, dès 1040, sur les vins et les sels mais également sur les personnes. Aliénor offrit aux Oléronais le droit de conclure librement le mariage des filles, des veuves et même des héritiers mâles. Ces droits auraient-ils perduré dans les mœurs insulaires jusqu'à nos jours ?

Jeanne est convaincue qu'il n'y a eu aucun arrangement. Elle estime que, dans sa famille,

20. Bourdieu 1972 : 1125.
21. Delafosse 1994 : 24.

le mariage n'a jamais été considéré comme une alliance économique mais comme un engagement affectif entre deux jeunes gens épris l'un de l'autre. « *Chez nous, on a toujours été libre de se marier avec l'élu de son cœur* », dit-elle.

On peut aisément imaginer, en regardant une photo de la jeune Florida, que Louis fût tombé amoureux d'elle. Il émane de ce portrait une grande dignité, un mélange de détermination et de douceur. Le corps, bien droit, exprime une belle assurance. Ce jour-là, Florida avait revêtu un corsage à plis serrés, cintré à la taille, orné d'un col et d'un plastron de dentelle, qui lui seyait à ravir. Sa chevelure épaisse était relevée en chignon. Son regard profond, serein, semblait tourné vers l'avenir, et sa bouche, aux lèvres charnues, esquissait un léger sourire plein de douceur.

Comment Louis aurait-il pu résister à une aussi jolie personne ? Florida, quant à elle, fut sans doute tout aussi sensible aux qualités et aux valeurs de Louis. C'était un bel homme d'un mètre soixante-cinq au regard gris et aux cheveux bruns. Une photo de lui, en uniforme de soldat, dévoile un individu fort et droit, les poings plaqués sur les hanches et les bras repliés comme pour barrer l'espace à l'ennemi. Bien sûr, on sait qu'il pose et doit donner l'expression d'un ardent défenseur de la patrie. Mais son corps exprime néanmoins une grande solidité. Des pommettes hautes donnent du relief à l'ovale de son visage. Les lèvres sont cachées sous une moustache aux fines extrémités relevées. Sous la paupière un peu lourde, qui exprime peut-être une certaine lassitude, son regard évoque courage et honnêteté.

Florida et Louis s'aimaient sans doute profondément. Mais, d'après des minutes de notaires familiales, on s'aperçoit pourtant que le marais des Monard jouxtait celui des Rondeau. Simple coïncidence ?

Sans que cela ne fût peut-être jamais clairement exprimé, il est probable que le mariage de Louis et de Florida fut rendu possible parce que certaines conditions étaient remplies. Tous deux appartenaient au même milieu rural et provenaient de familles de grands travailleurs qui cherchaient inlassablement à s'élever dans la hiérarchie sociale par l'acquisition de biens fonciers. La position des Lotard était certes plus confortable que celle des Monard mais ils n'avaient pas de fils pour leur succéder. Ce qui était considéré, à l'époque, comme un handicap social. Ils pouvaient donc accepter un gendre d'un niveau social légèrement inférieur pour peu qu'il soit assez courageux et ambitieux pour maintenir, sinon améliorer, la situation patrimoniale.

En fait, Eugène avait bien préparé l'avenir de sa fille. D'abord en rachetant, avec son cousin germain, la grande maison bourgeoise qui était en vente juste en face de la sienne. Sa mère, Claire Désirée Chaleuil, était décédée en août 1907. Son père, Louis Honoré, le 18 février 1908. Ils avaient dû lui léguer des biens ou de l'argent qui lui avait permis d'investir.

« *Il avait vu construire, pierre par pierre, cette bâtisse qui ne ressemblait à aucune autre du voisinage* », raconte Jeanne. Pendant des années, il avait regardé son édification d'un œil sceptique et amusé. La vente d'un terrain de construction à ces étrangers avait dû faire scandale à Ors. La maison en elle-même en était un autre. « *Elle avait l'allure de ces villas construites en bordure de mer au tournant du siècle*, dit-elle ; *la différence, c'est qu'elle était élevée au milieu des fermes du village* ».

La façade, toute de pierre de taille, était d'une élégance rare. Quatre fenêtres, carrées sur trois côtés et coiffées d'arcs trilobés, encadraient une porte d'entrée centrale, elle-même surplombée, au premier étage, par une autre porte donnant sur un balcon en fer forgé. Le toit plat était bordé d'une colonnade de pierre ajourée. La porte d'entrée ouvrait sur un vaste couloir qui séparait les quatre pièces du rez-de-chaussée et du premier étage en deux ailes. Le deuxième étage abritait un grenier, à l'arrière duquel se trouvait une vaste terrasse.

« *Ils avaient vu trop grand, souligne Jeanne, et durent se résigner à vendre, la charpente à peine posée sur le toit* ». Eugène et son cousin se firent un malin plaisir à vider leur bas de laine pour la racheter.

Aussi longtemps que la maison resta la propriété des deux familles, chacune d'elles en occupa une aile. « *Dans le jardin, mes parents avaient fait creuser un puits – la maison ne disposait pas d'eau courante – et construire un quéreux, des servitudes où ils élevaient leurs animaux domestiques et rangeaient leurs outils de travail* », dit Jeanne.

Lorsque les deux familles se rencontrèrent pour discuter de leur future alliance, Eugène fut probablement très fier d'annoncer aux Monard qu'il était prêt à accepter Louis pour gendre et que le jeune couple habiterait l'un des deux appartements de la *Grande Maison*.

« *La date du mariage fut fixée au 23 juin 1908, au Château-d'Oléron* », dit-elle. Après la noce, le jeune couple s'installa dans la nouvelle demeure. Louis partagea avec son beau-père le travail du marais, des champs et des vignes. Florida continua à aider sa mère à nourrir les animaux et entretint sa maison.

À peine un an après son mariage, la jeune femme mettrait au monde son premier enfant : un garçon. Avait-elle secrètement rêvé d'une fille à son image, ou était-elle heureuse de donner à Louis l'héritier qu'il espérait ? Avoir un garçon à qui transmettre son nom était alors le désir de la plupart des hommes et de leurs épouses qui souhaitaient combler leur mari.

Ainsi, le petit Roger Louis Eugène fut le premier à venir au monde, le 30 juin 1909, dans la *Grande Maison*. « *Hélas, treize mois plus tard, le 30 juillet 1910, le poupon, qui n'avait encore guère eu le temps de marcher, était emporté en quelques jours par le choléra* », soupire Jeanne avec tristesse. Florida avait-elle eu le temps de sentir une fatigue soudaine envahir son bébé ? Fut-elle prise de panique devant ses tremblements, le raidissement de ses membres, la marbrure bleue de ses cuisses et de son ventre ? La mort foudroya leur petit garçon.

Le choléra est une maladie contagieuse dont la contamination se transmet par l'eau ou par l'homme. La découverte de l'agent pathogène qui la provoque par Robert Koch avait permis, depuis 1883, de mettre au point des thérapeutiques pour enrayer le fléau. Il continuait, cependant, de faire encore des victimes, ici et là. Dans l'île, d'autres enfants périrent eux aussi de cette maladie à la même période. Mais savoir qu'il n'était pas le seul à en succomber ne diminua en rien la douleur de la jeune maman.

En outre, Florida n'allait pas avoir le temps de vivre son deuil. Elle était à nouveau enceinte. « *Quelques mois plus tard, le 15 octobre 1910, elle mit au monde un deuxième garçon : Marcel Roger Louis* », dit Jeanne.

La disparition du petit Roger fut pour lui, semble-t-il, un traumatisme dès avant sa naissance. Aux yeux de Jeanne, Marcel fut toute sa vie « *un garçon difficile qui entretenait des relations conflictuelles avec ses parents. Ils ne se sont jamais compris. Marcel se disputait souvent avec son père. Il montait ensuite dans sa chambre et s'y enfermait pendant plusieurs jours* ».

Comment Florida et Louis auraient-ils pu à la fois, dans leur esprit, achever leur séparation psychologique d'avec Roger et imaginer le petit Marcel pour lui-même ? Dans de telles circonstances, les émotions liées à la mort et à la naissance se chevauchent, se mêlent, se superposent. Dès lors, on n'a plus de mal à comprendre que Marcel ait eu des relations conflictuelles avec ses parents, sa famille ; qu'il n'ait jamais trouvé sa place, son identité et, finalement, le bonheur.

Marcel fut, à n'en pas douter, un enfant de remplacement dans le cœur de ses parents[22]. On sait qu'un tel personnage est amené, dès sa naissance, à remplacer l'aîné, mort en bas âge, dont il porte en général le prénom. Ce fut son cas. On sait aussi que les parents ont tendance à lui imposer l'image idéalisée qu'ils gardent du premier. Dans ce cas, le survivant ne peut que décevoir.

Par ailleurs, l'anxiété des parents, qui craignent de perdre aussi leur second enfant, a tendance à entraîner chez celui-ci une grande sensation de vulnérabilité, aggravée par l'apparition d'un sentiment de culpabilité à l'égard du frère disparu. Révolté en permanence contre la société, l'enfant de remplacement éprouve de grandes difficultés à s'insérer dans une réalité qui n'est pas faite pour lui. Un mal-être lui colle à la peau sans qu'il puisse s'en débarrasser.

Ce portrait convient bien à Marcel qui vécut toute sa vie en marge de la société. « *Il se maria et eut six enfants dont il ne se soucia jamais vraiment*, dit Jeanne ; *lorsqu'il envoyait son épouse chercher une côte de veau chez le boucher, il s'en gardait toujours l'œil et donnait l'os à ses*

22. Porot 1993 : 11.

enfants», poursuit-elle. Sa femme et ses enfants l'abandonnèrent. Après son divorce, il vécut avec une nouvelle compagne dont il eut un fils. « Elle était obligée d'aller pêcher des palourdes, des bigorneaux ou des huîtres à la marée pour manger, et de ramasser du bois mort pour se chauffer », dit encore Jeanne.

« *Marcel n'acheta jamais aucun appareil ménager* », poursuit-elle. « *Il découvrit la télévision seulement à la maison de retraite. À son décès, la maison dont il avait hérité de ses parents n'était plus qu'une masure qui, un jour, finit par flamber. Pourtant, il était loin d'être pauvre. Il laissa sur son compte en banque un héritage important que ses sept enfants se partagèrent* ».

La famille était sortie à jamais meurtrie de cette première épreuve. Plusieurs années passèrent pendant lesquelles Florida et Louis essayaient de panser leur plaie. Puis Florida tomba à nouveau enceinte. « *Le 30 septembre 1913, c'est une petite fille qu'elle mettait au monde : Andrée Julia* », dit Jeanne. Ils n'avaient pas oublié Roger mais ils s'émouvaient de voir le petit Marcel audessus du berceau de sa sœur. La vie leur souriait à nouveau. Leur cœur se regonflait d'espoir, de confiance.

Hélas, d'autres événements jetteraient bientôt une ombre sur leur existence. La rumeur d'une guerre avait atteint l'île depuis quelque temps. Certes, les nouvelles de la capitale et de ce qui se tramait ailleurs n'avaient pas beaucoup d'influence sur la vie quotidienne des Oléronais. Ainsi, la nouvelle de l'assassinat de Jaurès arriva-t-elle en même temps que celle de la mobilisation générale lorsque, le 2 août 1914, le garde-champêtre parcourut les villages avec son tambour pour l'annoncer.

Louis avait trente-et-un ans. Il fut mobilisé. Il quitta sa femme et ses deux enfants avec tristesse et inquiétude. «*Marcel n'avait pas quatre ans et Julia était encore un bébé*», souligne Jeanne. Les gens avaient beau dire qu'ils allaient écrabouiller ces Prussiens en quinze jours, il partit le cœur serré. Les reverrait-il et quand ? Et Florida, comment vivrait-elle ? La moisson sur les bosses, prometteuse cette année-là, n'était pas encore terminée. Il confia toute sa famille à son beau-père Eugène, les embrassa tous une dernière fois et partit rejoindre, au port du Château-d'Oléron, le bateau qui emmènerait, jusqu'au Chapus, les jeunes gens mobilisés comme lui. Du continent, il gagnerait le dépôt du 6e Régiment d'Infanterie à Saintes. Il ne savait pas ce qui l'attendait au-delà.

Il arriva à la caserne le 3 août. Un mois plus tard, il partait en campagne, dans son pantalon garance et sa capote bleu azur, muni de l'équipement complet du fantassin : une couverture, un sac de couchage, des serviettes, un fusil, une baïonnette, un sac.

« *Il se battit sur le Front jusqu'au 2 janvier 1917 où il fut blessé à la jambe gauche par des éclats d'obus* », raconte Jeanne. Il fut immédiatement évacué sur l'hôpital de Vaudelaincourt puis transporté à celui du Puy. Après une période de convalescence, il rentra au pays en avril. En raison des mesures attribuées par l'État en faveur des paysans, il ne retournerait plus au combat.

Louis était encore à la guerre lorsque Eugène, rentrant un soir au port dans la brume, tomba de son bateau. Les jours suivants, il fut pris de ce que Florida nomma toujours une crise de foie. Il ne s'en releva pas. Il mourut le 30 mars 1916. Quelle période difficile Émilie et ses deux filles, Florida et Mélina, durent-elles traverser ! « *Comment se débrouillèrent-elles pour survivre ces années-là, entre les travaux des champs, des marais salants et de la vigne, ceux de la maison et l'éducation des enfants* » ? s'interroge Jeanne.

Pour régler la succession d'Eugène, le notaire écrivit à Louis, sur le Front, en lui demandant de signer une procuration. Il ne reviendrait pas avant l'année suivante et encore, parce qu'il était blessé.

Eugène avait laissé en héritage à ses deux filles plus de cinq hectares de terres et de vignes, ainsi qu'une centaine d'aires saunantes, un hectare et demi de bosses et trois maisons d'habitation qu'elles se partagèrent. En contrepartie, elles devaient à leur mère une rente qui se composait de 50 trousses de vigne et de 50 grands fagots, à servir au mois de mars ; trois barriques de vin rouge, tiré au clair après la récolte, cent cinquante francs en numéraire pour payer la fourniture du pain, et deux cents francs pour ses besoins personnels au premier janvier. Le médecin, les soins et médicaments en cas de maladie étant également à la charge de ses filles.

Lorsqu'il foula à nouveau le sol de son île, Louis fut soulagé de retrouver les siens. Mais il sentait bien que quelque chose s'était cassé en lui. « *Il avait connu le froid, la faim, les rats et les poux dans les tranchées*, raconte Jeanne ; *il s'était battu avec des grenades et au fusil à baïonnettes. Il avait vu tant d'horreurs, tant de sang couler, tant de jeunes camarades s'écrouler à ses côtés* ». Il avait eu la chance d'en sortir vivant mais il avait perdu son innocence. Il resta silencieux. Il ne put reparler de ce qu'il avait vécu que plus tard, avec ses amis et encore, à contre-cœur. Jeanne n'a jamais essayé d'en savoir plus parce qu'elle sentait que ça le chagrinait d'en parler. Il lui disait : « *tu sais, on voyait les copains tomber à côté de soi, on se disait, mon tour va arriver* ».

De leur côté, les femmes ne se firent guère plus bavardes sur ce qu'elles avaient vécu. Chacun contenait sa douleur avec infiniment de pudeur. Florida bénéficia sans doute pendant son absence du soutien des deux Augustin, père et fils, et des grands-mères Adeline et Émilie. Ensemble, ceux qui étaient restés à l'arrière, parèrent au plus pressé.

À son retour, Louis souffrait encore de sa jambe, où se forma progressivement un bourrelet de chair, mais il reprit le travail comme avant. Il était désormais chef de famille. C'est à lui qu'incombait la responsabilité de nourrir sa femme, ses enfants et sa belle-mère Émilie, qui continua à vivre seule dans la maison de la Pièce des Joncs. « *Il se jeta à corps perdu dans le travail,* dit Jeanne ; *il continuait à fabriquer du sel dans ses marais salants, même s'il ne valait plus grand-chose, et cultivait avec toute la force de son corps ses champs et ses vignes. Mais il avait pris la décision de se lancer dans l'ostréiculture* ».

Il fit ses premières demandes de concessions ostréicoles. À l'époque, il fallait au moins dix-huit mois avant d'obtenir du ministère de la

Marine, l'autorisation d'occuper une parcelle du domaine public maritime pour la cultiver. « *Il engagea un journalier, qu'il logeait avec sa famille dans une de ses maisons. Celui-ci s'occupait des vignes et des terres tandis que mon père se consacrait aux huîtres* ».

Comme son père Augustin, il était très ambitieux. L'envie de réussir le poussait à s'ouvrir à cette activité nouvelle mais Louis était d'une génération qui ne renoncerait jamais à la terre. « *Avec des vignes, on a du vin ; avec des champs, des légumes, des céréales pour nourrir une vache, un cochon et sa famille* », dit Jeanne. La polyculture de subsistance était profondément ancrée dans les mœurs oléronaises.

CHAPITRE 3
Premiers pas dans l'ostréiculture

Lorsque Louis déposa sa demande de concessions ostréicoles auprès du ministère de la Marine, il bénéficia des mesures du décret de 1915. Pour permettre aux ostréiculteurs de construire une entreprise viable, l'État octroyait désormais, contre le paiement d'une redevance, des terrains à quiconque demandait à les cultiver, pour une durée de vingt-cinq ans, non renouvelable. C'est-à-dire, approximativement, le temps d'une vie professionnelle.

L'ostréiculture moderne était entrée dans une nouvelle phase. Sa première crise, des années 1880 jusqu'à l'épizootie de plate des années 1920-1922, avait révélé l'insuffisance des décrets qui l'avaient instituée sous Napoléon III. Le caractère précaire et révocable des concessions, prévu dans le décret de 1852, n'avait pas permis aux professionnels, au plein cœur de la tourmente des années 1880, d'emprunter auprès des banques pour agrandir et sauver leurs entreprises. Plus de trente ans après, l'État répondait finalement à ces carences. Pour de nombreux ostréiculteurs, il était bien trop tard.

« *Mon père obtint deux parcs de 50 et 40 ares à La padane face au port du Chapus* », explique Jeanne. À l'époque, il n'était pas nécessaire de verser de l'argent pour s'approprier des parcs ; une seule autorisation de la Marine suffisait.

D'après son livre de comptes, il acheta ses premières petites huîtres en février 1918. S'agissait-il de creuses ou de plates ? Le livre laisse apparaître un grand vide entre cette première date et 1924. Or, cette période correspond à l'épizootie qui détruisit l'huître indigène dans sa quasi-totalité. Les premières mortalités apparurent sur les jeunes huîtres en 1919. L'épidémie se propagea de façon foudroyante. Les huîtres avaient du mal à contracter leur muscle adducteur. Leurs valves restant entrebâillées, elles étaient la proie des crustacés. En 1921, les pertes étaient énormes. La mortalité dépassa le taux de 90 %. Ce fut le soubresaut final de quarante ans de crise ostréicole. Ironiquement, la crise, provoquée par la surabondance de la portugaise, se soldait par la disparition de la plate.

« *Au départ, mon père achetait son naissain* (les jeunes huîtres qu'il élèverait sur ses parcs), *à Monsieur Portier de Port-des-Barques*», dit Jeanne. Orphelin de père dès l'âge de cinq ans, André Portier avait commencé à travailler dès quatorze ans pour le compte de pêcheurs locaux. À chaque marée, ils emmenaient leurs équipages ramasser les huîtres sauvages sur les gisements à l'embouchure de la Charente.

Une fois que le bateau était échoué sur le gisement à marée basse, les hommes s'empressaient de remplir leurs paniers. À la fin de la marée, le patron comptait le nombre de coquillages récolté par chacun. Les pêcheurs rachetaient aussi les huîtres ramassées sur les rochers par les populations riveraines. De décembre à avril, les paysans se rendaient en effet par familles entières à la pêche aux huîtres. «*À Port-des-Barques, elle était autorisée sur les bancs publics des Palles, de l'Estrée ou du Toureau*», écrivait Ginette Bertrand en 1950 dans sa thèse de fin d'études d'institutrice. «*Les uns poussaient devant eux leur chignole, une charrette à bras, ou leur brouette. Les autres tenaient d'une main leur panier chapusais*[23] *et de l'autre le marteau de marais*[24] *dont ils se serviraient pour détacher les huîtres collées au rocher*».

23. Panier grillagé fabriqué au Chapus.
24. Outil à deux tranchants servant à détacher les huîtres du rocher.

« *Pendant tout le temps de la marée, on ne voyait que des dos courbés et on n'entendait que le bruit des marteaux*, poursuivait Ginette Bertrand, *les pêcheuses s'affairaient dans leur large pantalon de toile bleue recouvrant leur jupe. Leur panier plein, elles en versaient le contenu dans un sac de toile de jute. À marée montante, elles repartiraient avec 2 000 à 4 000 huîtres* »[25]. Les pêcheurs, sans brouette ni charrettes, portaient leur cueillette au pied du bateau ou de la voiture à cheval d'un patron qui la ramènerait à Port-des-Barques. Les autres rentraient directement chez eux trier leur pêche avant de la porter chez un courtier.

Pour ces familles pauvres, la pêche à pied représentait un revenu complémentaire non négligeable. Celui-ci prit fin avec le développement massif de l'automobile qui, dans les années 1960, favorisa l'expansion du tourisme sur la côte atlantique.

Devenu à son tour courtier en naissain, André Portier rachetait lui aussi leurs petites huîtres à ces pêcheurs à pied. « *Il eut d'abord deux lasses avec lesquelles il naviguait à la voile : La rose mystérieuse et Les deux gosses*, explique sa

25. Bertrand (Ginette) inédit 1950. *Les métiers de la mer à Port-des-Barques*, thèse de fin d'études, Écomusée de la presqu'île, Port-des-Barques.

fille, *puis, en 1937, il s'acheta un bac*[26] *qu'il équipa d'un moteur Baudoin*». L'homme ne manquait pas d'humour (noir) puisque, en ces années de crise, il l'appela La dévaluation. Un nom qu'il eut bien du mal à faire enregistrer auprès de l'administration des Affaires Maritimes !

«*Peu de temps après son mariage avec Lucienne Ducinet, en 1924, il s'était mis, lui aussi, à produire son propre naissain sur des parcs qu'il avait obtenus de la Marine*», poursuit-elle. Sa démarche n'avait alors rien de bien surprenant, au contraire, puisque tous les Saintongeais se lançaient massivement dans le captage artificiel.

Le captage artificiel constitue la technique de base de l'ostréiculture moderne. Elle fut d'abord utilisée en France à partir des années 1850 par l'inspecteur de la Marine De Bon à Saint-Servan, avant d'être développée en d'autres points du littoral français par le savant Coste, chargé, par l'empereur Napoléon III, de mettre en place un plan national de sauvegarde des gisements naturels, ruinés par la surpêche, et d'implanter la culture de l'huître dans le pays.

La technique consistait à favoriser la survie des larves d'huîtres en disposant dans l'eau, au

26. Au départ, embarcation annexe constituée par un vaste plateau flottant, le bac devint une embarcation principale, munie d'une cabine et d'un moteur.

moment de la ponte, un support sur lequel elles viendraient se fixer. Au siècle dernier, les ostréiculteurs charentais, les affineurs de la rive gauche de la Seudre en particulier, l'avaient boudée, préférant continuer à s'approvisionner directement en petites huîtres au nord du bassin ou à l'extérieur, dans le Morbihan notamment. Après l'épizootie de plates, cependant, la ruée sur la portugaise les amena à changer d'habitudes.

La demande en petites huîtres auprès des pêcheurs de Châtelaillon, Fouras et Port-des-Barques était si forte que les prix flambèrent[27]. Une mauvaise année de captage plaça même la région de Marennes sous la menace d'une crise grave. La réaction fut immédiate : tous les éleveurs se mirent à fabriquer leurs propres collecteurs avec une ardeur proportionnelle à la crise. En peu de temps, ils en déposèrent une quantité incroyable entre l'île d'Oléron et le continent. Ils firent preuve de toutes sortes d'initiatives, utilisant des pierres, des branchages, tout ce qui était localement disponible et ne coûtait pas cher. Du chenal de Brouage au Chapus, une forêt immense de tiges de noi-

27. Ranson (G.) 25 août 1935, *Le Journal de Marennes*, Comment se présente, en 1935, la reproduction des portugaises dans la région de Marennes.

setiers ou de châtaigniers s'éleva sur des fonds où l'homme enfonçait dans la vase jusqu'à mi-corps.

À Port-des-Barques, les pêcheurs recouvrirent bientôt leurs nouvelles concessions de roches, des carrés de pierre d'environ 30 centimètres de côté. Ces moellons provenaient de la banche[28] ou des carrières de l'arrière-pays. « *Mon père allait, avec son bateau, s'approvisionner dans une tuilerie industrielle située près du pont transbordeur de Rochefort* », raconte sa fille.

Ainsi proposait-il désormais à ses clients à la fois du naissain sauvage et du naissain domestique. Son bateau plein, il hissait la voile et traversait le bassin pour aller le leur livrer à Bourcefranc, au Chapus, à Marennes, à l'île d'Oléron ou à Arvert. « *Je me demande encore comment le brave homme a survécu à tant de périlleuses traversées tant son bateau était rempli jusqu'au rebord*, se souvient Jeanne en souriant ; *il en chargeait jusqu'à huit tonnes. Il fallait aussi qu'il fût costaud pour brasser autant d'huîtres* », ajoute-t-elle, admirative. Au cours d'une saison, il pouvait manipuler jusqu'à vingt mille mannes[29], soit environ 375 tonnes d'huîtres.

28. Substrat calcaire de la côte.
29. Paniers.

Au printemps, Louis en garnissait ses viviers[30]. « *Il les divisait en carrés qu'il séparait par des balises*, raconte Jeanne; *il les remplissait, l'un après l'autre, à chaque nouvelle livraison* ». Il cultivait ensuite ses parcs comme il avait dû apprendre à le faire, pense-t-elle, à la Maison Tricard.

C'était la plus ancienne et la plus importante entreprise ostréicole du chenal d'Ors. Elle avait été créée, en 1865, par des industriels drapiers du nord de la France, les frères Roussel. L'Arcachonnais Émile Tricard avait été engagé comme directeur avant de devenir associé de la société à la mort de l'un des frères. Après son décès, en 1903, l'entreprise passerait successivement en d'autres mains[31], mais pour les habitants d'Ors, elle est toujours restée l'entreprise phare du chenal.

Les frères Roussel étaient le type même de capitalistes qui investissent dans l'ostréiculture à ses débuts dans l'espoir de gagner beaucoup d'argent. Aussi, étaient-ils à l'affût de toute initiative nouvelle, que ce soit dans le domaine technique ou commercial. Ils avaient notamment pris conscience de l'avantage qu'il y avait

30. Parcs d'élevage.

31. La société Roussel & Tricard devint la Société Tricard & Baudrier puis la Société Delaubier & Cie, puis Dublaix.

à vendre directement leurs produits. Ils expédiaient plusieurs millions d'huîtres par an à des particuliers. Chaque jour, les colis étaient transportés par bateau du Château jusqu'au Chapus, puis sur des charrettes, jusqu'à la gare de Rochefort, d'où ils étaient acheminés par le train.

Au tournant du siècle, la Maison employait une quarantaine de personnes. La première épouse de Marcel et ses parents y travaillèrent. « *Chaque matin*, raconte Jeanne, *un cocher faisait le tour des villages alentour, avec son cheval et sa charrette, pour ramasser les employés* ».

Chez Tricard ou ailleurs, Louis avait donc appris à dégager de la vase, avec sa gratte, un râteau fixé au bout d'un long manche, les huîtres qui avaient tendance à pousser en longueur. Cette bouffée d'air donnerait à leur coquille l'espace nécessaire pour se développer uniformément. Les bords dentelés s'épaissiraient et seraient, à la pousse[32] suivante, bien solides.

Louis demanda à Florida de l'accompagner à la côte. Il lui apprit à son tour à gratter les coquillages. « *Elle partait travailler à ses côtés sur les parcs, avec ses sabots de bois surmontés de guêtres de toile de lin huilés pour les rendre imperméables* », dit Jeanne. Ce serait bientôt son travail à elle,

---

32. Période de croissance qui se traduit par la pousse de la coquille de l'huître.

comme celui de toutes les femmes d'ostréiculteurs. Louis, parce qu'il était physiquement plus fort, se chargerait de la pêche à la pelle fourche et du transport des mannes.

Au bout d'un à deux ans, il retirait les huîtres des viviers d'élevage pour aller les déposer sur d'autres parcs gravillonneux, plus élevés, en bordure d'estran. Les femmes viendraient les y trier. « *On formait des sillons entre nos jambes avec les plus grosses tandis qu'on rejetait systématiquement les petites et parfois même les moyennes sur les parcs* », témoigne Jeanne. Ces dernières repartiraient pour un an sur les viviers d'élevage tandis que les premières resteraient sur les parcs de dépôt jusqu'à leur vente à partir de l'été suivant. « *Sur le gravier, elles prenaient une belle couleur verte et leur coquille durcissait* », se souvient-elle, avec un vif plaisir.

Pour transporter les huîtres d'un parc à l'autre, il fallait un bateau. « *Mon père eut d'abord une lasse, un bateau de bois à fond plat avec lequel il naviguait à la rame ou à la voile*, fait Jeanne ; *il s'appelait Le Roulis. Mais en août 1931, il était l'un des premiers à équiper un nouveau bateau qu'il s'était fait construire, La Jeanne-Jean (du nom de ses deux derniers enfants), d'un moteur Baudoin de 35 chevaux* ». Il avait vite compris l'avantage qu'il pourrait tirer de cette invention.

Le moteur représenta en effet un progrès énorme pour l'ostréiculture tant du point de vue de la sécurité des hommes qu'au plan économique. Le temps gagné par les éleveurs, pour se rendre sur leurs parcs, leur permit d'accroître leur productivité. Cela les conduisit à agrandir leurs exploitations et à embaucher un ou plusieurs enfants avec eux.

Lorsque ses premières huîtres atteignirent la taille de cinq à sept centimètres, il lui fallut penser à les vendre. Dès le départ, Louis évita de mettre tous ses œufs dans le même panier. « *Il s'arrangea pour écouler sa production auprès de plusieurs expéditeurs de l'île, de La Tremblade ou de Bourcefranc* », dit Jeanne. À l'époque, affineurs et éleveurs travaillaient souvent en relation directe. Le recours à un courtier, servant d'intermédiaire entre les deux professions contre un pourcentage sur les prix de vente, ne devint quasiment systématique qu'après la seconde guerre mondiale.

« *Au départ, il travailla avec une vingtaine d'expéditeurs*, poursuit-elle ; *à la fin des années 1920, il expédia même une partie de ses huîtres par l'intermédiaire de la coopérative Les Ostréiculteurs réunis du Château-d'Oléron* »[33]. À partir des années 1930, cependant, il effectua la plu-

33. Elle fit faillite en 1930.

part de ses transactions par l'intermédiaire de Monsieur Alcide Dubroc, un courtier du Château-d'Oléron originaire d'Arcachon. La crise, qui secoua durement le bassin d'Arcachon entre 1881 et 1922, l'avait poussé à venir s'installer dans l'île où l'on pratiquait beaucoup l'élevage. De l'avis de Jeanne, « *c'était un grand professionnel* ». Plus tard, son fils René lui succéda.

En juillet et août, les huîtres prêtes à la vente étaient repêchées puis triées et comptées. La pêche, qui incombait aux femmes, se déroulait souvent en équipe. « *Pendant six heures d'affilée, trois heures avant et après la marée, on ramassait parfois jusqu'à 80 000 grosses huîtres* », se souvient Jeanne ; « *on les déposait dans des paniers, à raison de 35 comptes de trois huîtres*, poursuit-elle, *et à chaque 1 050, on versait le contenu du panier dans un sac* ». La vente se faisait théoriquement au 1 000 mais l'usage – favorable à l'affineur – voulait qu'on en mît 50 de plus pour pallier à toute erreur ou coquille vide.

À l'origine, les expéditeurs de La Tremblade ou de Bourcefranc traversaient le coureau[34] en bateau pour venir chercher dans l'île les huîtres qu'eux-mêmes ou un courtier avaient achetées. Dans son livre de comptes, Louis a noté le nom des bateaux avec lesquels elles étaient transpor-

34. Espace entre l'île et le continent.

tées. Il y avait les Notre Dame des Flots, Oléron, Chanteclair, Les ailes, Cyrano, Peau Rouge, Jama, La Seudre, La Fauvette... À chaque voyage, ils ramenaient des cargaisons de 50 000 à 60 000 huîtres.

« *Le Peau-Rouge appartenait à Abel Brisson fils*, fait Jeanne enjouée ; *c'était un gros bateau en forme qui, en fait, était vert. Un jour, ils lui avaient tellement bourré le ventre d'huîtres qu'il était trop lourd pour flotter à marée haute. Son pilote a dû attendre le lendemain pour repartir* ».

Les affineurs déposaient ensuite ces huîtres dans leurs claires pendant plusieurs mois, pour qu'elles y acquièrent une meilleure qualité de chair et un goût plus fin. À raison de cinq à six par mètre carré, elles seraient vendues comme spéciales, aux alentours de Noël, sur le marché parisien. Au-delà de ce nombre, elles étaient commercialisées sous l'appellation d'huîtres vertes.

Les huîtres de Louis terminaient souvent leur course chez les Brisson et les Frêneau de La Tremblade, deux familles d'affineurs expéditeurs qui étaient parentes. Henriette Frêneau et Abel Brisson fils étaient deux des trois enfants d'Abel Brisson père, le fondateur de la maison de commerce.

D'après son petit-fils, ce dernier était né dans les années 1850 dans une famille de petits propriétaires terriens d'Etaules. Il avait servi l'armée pendant sept ans avant d'épouser Nelly Gounil. À son retour de l'armée, ce bel homme au cheveu rare, au crâne un peu rond, et à la barbe impériale, s'était inscrit à l'école du soir. En 1869, il avait créé une entreprise de négoce qui devint rapidement l'une des toutes premières du bassin. «*À l'époque*, souligne-t-il, *il commercialisait des huîtres plates à des clients aussi prestigieux que la Cour d'Angleterre*».

Il allait chercher de jeunes huîtres en Bretagne, dans le Morbihan en particulier, et les mettait à la pousse en claires. Autrement dit, les huîtres déposées dans son marais fin avril ou début mai y resteraient jusqu'aux premières gelées d'automne. «*À leur sortie des bassins d'affinage, les coquilles étaient absolument magnifiques, toutes bleutées, creuses et côtelées*», se souvient encore son petit-fils.

Du temps d'Abel Brisson père, beaucoup de Trembladais continuaient à envoyer leurs épouses vendre leurs huîtres à Bordeaux, Angoulême ou Paris. M. Brisson préféra s'appuyer sur le nouveau réseau ferroviaire pour expédier directement ses huîtres aux quatre coins de France. «*Il s'attacha rapidement une clientèle de particuliers, de restaurateurs ou encore de grossistes parisiens*», raconte-t-il.

Abel Brisson père bénéficia certes d'une conjoncture très favorable au négoce des huîtres mais son rapide succès fut également lié à la publicité soignée qu'il adressait à ses clients. «*La publicité et le marketing ont toujours été un souci constant dans la famille*», souligne son petit-fils. Son grand-père avait donné des noms très bucoliques à ses différentes catégories d'huîtres : il y avait les marguerites, les pâquerettes, etc.

Chaque jour, il expédiait entre 300 et 400 petits colis d'huîtres plates dans de ravissants petits paniers d'osier fabriqués localement, ou dans des caisses en bois de pins, entourées de fougères ou de jolis papiers. «*Elles étaient pointées, cerclées et embobinées à l'établi avec un système qui est un peu l'ancêtre des cercleuses d'aujourd'hui*», rappelle son petit-fils.

Abel Brisson père acquit en peu de temps une véritable fortune. Il se retira jeune de la vie professionnelle avec un confortable capital. «*Hélas*, confie son petit-fils, *les boursiers parisiens eurent tôt fait de lui en croquer une partie en l'incitant à investir dans les mines africaines qui n'existèrent jamais que sur du papier*».

Abel Brisson fils, en tant qu'aîné et unique garçon de la famille, avait succédé à son père. Il continua à faire fructifier l'entreprise familiale jusqu'à devenir l'un des plus importants ostréiculteurs du bassin de Marennes-Oléron. Il eut, à un moment donné, plus de 100 hectares de claires. Sa sœur Henriette, créa dans les années 1920, avec son mari Raymond Frêneau, originaire d'une famille de petits propriétaires terriens d'Arvert, sa propre entreprise ostréicole, à partir des claires héritées de son père.

Les Brisson et les Frêneau, qui étaient également négociants en vins fins et en conserves, bénéficieraient à leur tour, pendant l'entre deux guerres, de l'âge d'or de la portugaise, comme leur père avait profité de celui de la plate. À l'époque, le nombre des expéditeurs était encore restreint et le commerce de l'huître assez peu répandu. Ils tenaient le commerce. Comme toutes les guerres, la seconde guerre mondiale serait en outre très favorable au commerce. Les huîtres, qui ne faisaient pas partie des denrées rationnées, firent l'objet d'un commerce extrêmement lucratif et pas toujours honnête, pendant cette période-là. Pour la première fois, le marché s'élargit à tout le territoire français. Toutefois, « *des maisons aussi en vue et respectées que les Brisson et les Frêneau n'auraient pu se prêter à des transactions illégales* », témoigne Jean-Marc leur descendant.

Les Brisson et les Frêneau surent maintenir la notoriété acquise par leur père en poursuivant la tradition de qualité de leurs produits et en adaptant leur démarche commerciale à l'évolution du marché. Ainsi, Raymond Frêneau vendait-il ses plus belles huîtres sous le nom d'Impériales auprès de sa clientèle huppée, et de Dauphines auprès des groupements d'achats de l'administration. D'ailleurs, l'homme, qui savait faire preuve d'ironie, s'adressait à ces derniers sur un papier à l'en-tête de Marianne, accompagnée de ses initiales « RF ». Un clin d'œil, bien entendu, à « République Française ».

Ainsi, si Louis parvenait à vendre aux Brisson et aux Frêneau, c'était bien parce qu'il s'attachait lui aussi à produire de belles huîtres.

S'il s'était contenté, au départ, d'acheter son naissain à Port-des-Barques, le renchérissement de celui-ci après l'épizootie de plates, l'obligea à se lancer lui aussi dans le captage. À Oléron, le Syndicat Ostréicole Oléronais avait demandé, dès 1923, la mise en œuvre et la préparation à la production du naissain de portugaises de tous les terrains disponibles à proximité des bancs producteurs existants.

Sur la côte de l'île, on déposa une quantité importante de collecteurs, des tuiles surtout. Les Arcachonnais en avaient introduit l'utilisation à Oléron. Elles étaient posées en croix, en rangs réguliers, sur les fonds rochers et plats. Contrairement à Arcachon, cependant, elles ne seraient jamais chaulées en raison de la fréquence et de l'intensité des tempêtes.

Louis acheta des tuiles et les mit en place à la veille de la ponte des huîtres, à la première maline de juillet, sur ses parcs des Doues et du Château-d'Oléron. Mais le captage dans l'île ne s'avéra pas plus rentable cette fois-ci qu'au siècle précédent[35]. D'abord, en raison du manque de sources d'eau douce et du trop-plein de collecteurs sur la côte est de l'île. Ensuite, parce que, les tuiles n'étant pas chaulées, les petites huîtres étaient difficiles à décoller. Beaucoup étaient blessées au détroquage. Enfin, la préparation des collecteurs demandait un travail important. Louis, qui avait déjà ses terres et ses vignes à cultiver, préféra abandonner la partie et continuer à s'approvisionner auprès de M. Portier.

En revanche, il fit l'acquisition de claires pour produire des huîtres vertes. Après le décès de M. Baudrier, l'entreprise phare du chenal d'Ors avait perdu de son panache. « *Sa veuve n'habitait pas sur place*, raconte Jeanne. *De temps en temps, elle venait, avec sa sœur, rendre visite à leur mère qui y demeurait. On les voyait arri-*

35. Hervé 1935 : 158-159. Au début des années 1860, une dizaine de concessionnaires s'étaient lancés dans le captage artificiel d'huîtres. Mais en 1875, il ne restait plus rien de leurs premiers essais.

ver toutes chapeautées et gantées dans leur voiture décapotable». Elle se sépara d'une partie de son personnel. L'entreprise tomba à une quinzaine d'employés. De même, elle se débarrassa d'une partie de son exploitation. C'est ainsi que Louis lui racheta plusieurs claires.

C'étaient d'anciennes salines aménagées pour la culture de l'huître. On avait gardé les taillées et les bosses. Les aires saunantes avaient été aplanies pour former de grands bassins, séparés par de petites levées de terre, les abotteaux. Le système d'écluse, pour faire rentrer et sortir l'eau de mer des claires, avait été préservé.

Comme les marais salants, elles demandaient un énorme travail d'entretien. Mais Louis, qui avait autrefois cultivé le sel, connaissait bien l'art du nettoyage des claires, du colmatage de leurs bords, et de la préparation de leur sol par un jeu subtil des éléments naturels.

Dès le mois de décembre, il les vidait de leur eau en libérant le coi (buse) de son bondon[36]. Ce qui leur permettait de boire et déboire au rythme des marées. Un premier nettoyage s'effectuait naturellement. Puis, il décapait et aplanissait le sol de chaque claire avec son rouable, un râteau à long manche déjà utilisé par les sau-

36. Pièce de bois servant à obturer la buse d'alimentation ou de vidange d'une claire.

niers. Avec son boguet[37], il récupérait ensuite la vase accumulée dans la doue, le fossé creusé tout autour de la claire pour faciliter l'écoulement de l'eau, et la rejetait sur les abotteaux.

Ensuite, en janvier ou février, il parait ses claires : remplies d'eau à la maline, elles finissaient par s'en vider sous l'action du vent et du soleil. Le sol se desséchait, durcissait, se fendillait. Il gralait. Cette opération permettait de raffermir le sol des claires et de le débarrasser des parasites.

Puis Louis rebouchait le coi et installait la dérase, un petit barrage à l'autre extrémité de la claire, pour y maintenir un certain niveau d'eau. Pendant les mois de mars et avril, une couche blanche crémeuse appelée humeur se formerait à sa surface avant de se déliter sur le sol. Les claires étaient prêtes à une nouvelle utilisation.

Louis y déposait ses huîtres dès le mois de mai. Il les y laisserait jusqu'à la veille de Noël. Il savait qu'en cinq à six mois il obtiendrait des spéciales bien rondes et charnues. Elles feraient une dernière pousse entre la mi-juillet et la mi-août, engraisseraient, changeraient de goût et, avec un peu de chance, de couleur.

La verdeur des huîtres de Marennes-Oléron

---

37. Pelle en bois utilisée pour travailler la vase et entretenir les bordures des claires.

est provoquée par le pigment d'une algue, la navicule bleue[38]. À l'automne, le sol devient jaune, puis gris, puis gris verdâtre et enfin vert noir. Les navicules, venant du littoral où elles vivent à l'état planctonique, pénètrent dans les claires au gré des marées. Elles en tapissent le fond avant de libérer leur pigment, la marennine. Seuls les branchies et les palpes labiaux des huîtres l'absorbent. Le processus peut prendre quelques jours seulement par temps chaud, mais jusqu'à trois semaines à un mois s'il fait froid. Il arrive aussi que, certaines années, la verdeur ne vienne pas.

À la fin du mois de décembre 1928, Louis vendit ses premières huîtres vertes au prix de 120 francs le mille, soit 10 francs de plus par mille que ses huîtres blanches. Pendant toute la campagne 1927-1928, il en vendit 34 500 sur une production totale de 625 000.

Louis avait plus que triplé sa production initiale. Il maîtrisait à présent les différentes techniques ostréicoles. Il ne lui restait plus qu'à se faire construire une cabane pour que son entreprise prît sa forme définitive. Cela faciliterait le travail de Florida. Car s'il était agréable, l'été, de trier des huîtres sur les parcs, l'hiver, avec le

---

38. *Navicula (Haslea) ostrearia*, algue de la famille des diatomées.

froid et le gel, c'était très pénible. Et puis, ils pourraient stocker leurs outils dans cet abri et n'auraient plus à les transporter. Il fit une demande de concession sur le chenal d'Ors, auprès des Ponts et Chaussées maritimes.

En Saintonge, la construction de cabanes de branchages dans le marais avait débuté avec les sauniers. Dès le tournant du XXe siècle, certains ostréiculteurs possédaient déjà une cabane en bordure de chenal. Le décret de 1852 n'autorisant les concessions qu'à titre précaire et révocable, ils avaient pris l'habitude de construire des bâtiments rudimentaires en planches de bois et, au besoin, faciles à enlever. La loi prévoyait, et prévoit encore, qu'en cas de cessation d'activité, la cabane doit être démolie.

Les premières étaient à peine assez grandes pour abriter une à deux personnes. Puis on se mit à fabriquer des cabanes standards, pratiquement toutes construites sur le même modèle. Elles se composaient d'une seule pièce de quatre à six mètres sur six, avec un emplacement pour la porte et la fenêtre. Pour capter au mieux la lumière du jour, on construisit des fenêtres sur presque toute la largeur des murs, comme si on avait placé une échelle en travers de la paroi. Devant cette fenêtre, on fixait au mur une table en bois servant au tri des huîtres.

Dans l'île d'Oléron, les ostréiculteurs ayant peu de moyens et les matières premières étant encore plus rares que sur le continent, on utilisa toutes sortes de matériaux de récupération pour ces constructions : de vieilles planches, d'anciennes portes, etc.

Les murs s'élevaient à trois mètres de haut au faîtage, et à 2,20 mètres sur la rive. Ils étaient surplombés d'une toiture en bois à deux pentes fortes, recouverte de tuiles mécaniques rouges. Il n'y avait ni volets aux fenêtres, ni plancher sur le sol de terre battue. On terminait la construction en coaltarant les planches de bois pour les rendre imputrescibles.

« *Quand j'ai commencé, dans les années 1930, toutes les cabanes étaient encore recouvertes de coaltar*, dit Jeanne ; *puis, un jour, un ostréiculteur eut l'idée d'utiliser la fin du pot de peinture dont il avait recouvert son bateau pour badigeonner sa cabane. D'autres l'imitèrent* ». C'est ainsi que les chenaux ostréicoles de Marennes-Oléron prirent cette touche multicolore, gaie et lumineuse qui les rend si pittoresques et uniques au monde.

Louis aurait pu essayer de construire lui-même sa cabane. Mais le travail du bois n'était pas son affaire. Il préféra s'en remettre à un spécialiste.

Trier les huîtres à l'abri était un luxe pour Florida. Pourtant, Jeanne se souvient encore de la rigueur du travail en hiver. «*Maman et moi, on travaillait sans aucune protection au début, puis on a eu des gants de caoutchouc aux doigts coupés. Il n'y avait pas de poêle, pas de cheminée dans la pièce. Quand il gelait, maman amenait une écuelle en terre dans laquelle elle faisait brûler du charbon de bois. C'était le seul moyen qu'on avait de se réchauffer les mains*».

La cabane transforma les habitudes de travail. Elle fut source de progrès, tant du point de vue professionnel que familial. Plus près des lieux d'habitation que les parcs, elle permit aux femmes de se rendre plus facilement au travail et d'emmener leurs enfants en bas âge avec elles. C'est là que, désormais, elles *détroqueraient*[39], trieraient ou prépareraient les huîtres pour l'expédition.

De janvier à mars, Louis allait pêcher les huîtres de 6 à 18 mois et les ramenait à la cabane. Florida, debout devant sa table, les séparait ensuite une à une avec sa *démanchoire*[40], en essayant de blesser le moins possible de *coquil-*

39. Opération de séparation des huîtres une par une avec un couteau spécial, la démanchoire.
40. Couteau spécial à forte lame large servant à détacher les huîtres les unes des autres.

lages[41]. Pendant ce temps, Louis préparait les parcs d'élevage. À chaque maline, il partait nettoyer ses terrains, les aplanir à coups de rabale, et les entourer de rangées de pierres ou de fascines.

D'avril à juin, il redescendait les huîtres ainsi triées sur des parcs d'élevage abrités des tempêtes. «*Il partait très tôt avec sa lasse pour arriver sur place avant la marée basse*, dit Jeanne; *c'était plus facile de manœuvrer son embarcation et d'éparer*[42] *les huîtres pendant qu'il y avait encore de l'eau*».

À partir de juin, il remontait les huîtres de taille marchande des parcs de dépôt à la cabane. Il les lavait pour enlever le plus gros de la vase avant de les déposer sur la table de tri. Florida, sans relâche, enlevait les coquilles vides, détachait les parasites fixés aux écailles et détroquait les huîtres encore collées. Elle les classait en deux catégories. D'un côté, les retours, les huîtres trop petites qui passeraient un an de plus sur les parcs; de l'autre, les beaux brins, qui partiraient bientôt chez l'expéditeur pour être mises en claires et être vendues en fin d'année comme spéciales.

«*D'août à octobre, elle s'échappait de la cabane pour aller gratter les huîtres sur les parcs*, raconte

---

41. Grelon 1973: 115.
Le détroquage est une des causes principales des pertes qui réduisent progressivement de 50 % le cheptel rassemblé à l'époque du captage.
42. Répandre les huîtres sur l'ensemble du terrain.

Jeanne ; *ensuite, elle devait à nouveau trier des huîtres de taille marchande qui seraient vendues directement à leur sortie des parcs, entre Noël et fin février, voire au plus tard fin avril*».

Louis était devenu un vrai professionnel de l'ostréiculture. Il avait plus de deux hectares de parcs. Pendant les années 1920, il avait accru sa production régulièrement chaque année, allant jusqu'à écouler 1 133 700 huîtres pendant la campagne 1928-1929. La production d'huîtres portugaises ne cessait d'augmenter au niveau national.

À partir de l'année suivante, cependant, la production de Louis allait retomber tout aussi régulièrement pour atteindre 356 000 huîtres pendant la campagne 1936-1937. Dès 1931, la France avait été atteinte par la crise mondiale. L'année suivante, l'agriculture avait sombré dans la crise. En 1933, l'ostréiculture était à son tour prise par un profond malaise. Les prix avaient baissé, les stocks étaient importants. Les éleveurs de l'île d'Oléron étaient parmi les plus touchés. En effet, depuis l'épizootie de la plate, les Arcachonnais, qui s'étaient tournés vers la production de naissain et l'élevage de la portugaise, étaient devenus leurs concurrents directs vis-à-vis des affineurs de la Seudre.

Cette concurrence, s'accentuant avec le développement de la production, avait entraîné une baisse des prix. De nombreux éleveurs de l'île étaient devenus expéditeurs afin de survivre. « *Mon père avait obtenu, dès 1930, son agrément d'expéditeur, du tribunal de commerce de Saint-Pierre d'Oléron* », souligne Jeanne. « *Après son retour du service militaire, en 1932, mon frère Marcel était venu travailler avec lui. En 1938, celui-ci entreprit de faire du courtage. Mon père lui vendait une partie de sa production* ». Dans les années précédant la seconde guerre mondiale, la surproduction plongerait à nouveau l'ostréiculture dans le cercle vicieux de la crise : manque de naissain, manque de pousse, bancs naturels exsangues, importations du Portugal, etc. Éviter les intermédiaires était la seule solution de s'en sortir.

En une vingtaine d'années, Louis avait malgré tout réussi son implantation en ostréiculture. Même si l'âge d'or de la portugaise des années 1920 avait surtout profité aux expéditeurs, il en avait lui aussi bien bénéficié. Mais il était resté, en l'esprit, un homme de la terre. Pendant toute cette période, il avait continué à faire cultiver ses terres et ses vignes. Il ne chercha jamais à s'approprier d'autres parcs ostréicoles avec l'argent de ses huîtres. Il racheta, au contraire, des champs et des vignes. Son fils Marcel lui reprochait souvent ses choix. « *Pour une fois, j'estime que mon frère avait raison* », conclut Jeanne.

CHAPITRE 4
L'ombre d'Andrée

Jeanne, dite Jeannette, naquit dans la Grande Maison le 26 septembre 1919. «*Mon arrivée fut accueillie avec un grand bonheur par toute la famille*», affirme-t-elle. N'était-elle pas, après tout, l'enfant de la paix retrouvée ?

Dès les premiers jours, cependant, elle se montra une enfant fragile. D'abord, elle vint au monde sans ongles et toute petite. Ensuite, elle se développa très lentement. Les premières années, elle enchaîna rhume après rhume, le temps de se forger une immunité contre les virus qui perturbent la petite enfance. «*J'ai longtemps été chétive*», glousse-t-elle.

Enfin, elle souffrit jusqu'à l'adolescence d'un manque d'appétit qui, semble-t-il, commença avec l'école. Jeanne refusait de manger à la cantine. «*La seule idée de me mettre à table me soulevait l'estomac*», se souvient-elle encore. Alors, Florida l'avait inscrite dans une pension de famille où les institutrices prenaient aussi leur déjeuner. «*Je n'en avais pas plus d'appétit pour autant*», ajoute-t-elle en souriant. Loin de s'estomper à six ans, les problèmes d'appétit de Jeanne seraient en fait renforcés avec les événements familiaux qui jalonnèrent cette période-là.

Le 12 mai 1927, en effet, sa sœur aînée Andrée mourait de la tuberculose. Une catastrophe, aux yeux de Jeanne qui, aujourd'hui encore, éclate en sanglots à la simple évocation de sa disparition. Comme si le temps n'avait en rien effacé son chagrin.

Andrée, dite Dédée, était une petite brunette aux cheveux longs, douce et réservée. Après plusieurs années de maladie, elle succomba à son infection pulmonaire. À la fin du XIXe siècle, la tuberculose tuait encore une personne sur sept. Jusqu'à l'arrivée des antibiotiques et du vaccin, cette maladie infectieuse due au bacille de Koch était encore très répandue et son issue souvent fatale. Pendant les années 1920, d'autres jeunes gens en moururent à Ors.

Andrée avait quatorze ans quand elle est décédée. «*Je la revois encore, allongée dans une chaise longue dans la salle à manger*, confie Jeanne avec tristesse; *je n'avais pas le droit de l'approcher, d'entrer dans la pièce, pour ne pas être contami-*

née». Seule Florida se rendait au chevet de sa fille, suffoquant sous les quintes de toux. Après son décès, elle a toujours laissé son fauteuil à la même place. Sans doute, pour continuer à faire exister cette enfant qui les avait quittés trop jeune.

Jeanne n'assista pas à l'enterrement de sa sœur. Ce jour-là, elle était avec sa marraine à garder sa vache sur la route de Grand-Village. «*Je sautais sur la chaussée quand j'ai entendu les cloches carillonner au Château*, fait-elle; *je me demandais bien ce qui pouvait se passer. Ce n'est qu'après coup que ma marraine m'a expliqué qu'elles sonnaient ses funérailles*».

Toute la maisonnée se couvrit de noir. Pendant six ans au moins, Jeanne porta des robes à carreaux noir et blanc en signe de deuil. Florida ne quitta le noir pour le gris ou de petits motifs noirs et blancs qu'à la fin de sa vie. Pour Jeanne, le noir est définitivement associé à cette période triste de sa vie. C'est pourquoi elle ne veut toujours porter, à quatre-vingts ans, que des couleurs claires et vives.

Dans son esprit, le décès d'Andrée a été une épreuve familiale bien plus cruelle que la disparition du petit Roger. «*Il n'avait qu'un an quand il est mort et mes parents n'avaient pas eu le temps de s'attacher à lui aussi profondément qu'à An-*

drée», pense-t-elle. Mais il se peut que les sentiments de ses parents aient été très différents des siens. Elle n'a jamais connu ce frère et n'a entendu parler de lui que bien plus tard, tandis qu'elle a vécu près d'Andrée et fut témoin de sa maladie et de sa souffrance. Du reste, la peine de ses parents a dû être d'autant plus intense qu'Andrée était le deuxième enfant qu'ils perdaient après des mois et des mois de lutte contre la maladie.

Sa disparition bouleversa les relations à l'intérieur de la famille. Florida se replia sur elle-même et ne sortit plus de chez elle qu'à de rares occasions. «*Elle ne s'intéressait plus à rien*, témoigne Jeanne, *elle était inconsolable. Elle ne pouvait pas non plus évoquer le décès de sa mère, Émilie, sans pleurer comme une madeleine*». Florida ne surmonta jamais son chagrin. Elle souffrit gravement d'asthme et garda toute sa vie une santé précaire.

Louis eut lui aussi du mal à surmonter l'épreuve mais il reprit le dessus. Peut-être la vécut-il de façon moins intense que son épouse qui avait mis au monde, élevé et soigné leur fille pendant des années. Et puis, la mort, il l'avait côtoyée de si près pendant la guerre. La disparition d'Andrée était une blessure de plus qu'il enfouirait tout au fond de son cœur. Enfin, le travail était là pour le pousser vers l'extérieur. Il avait les champs, les vignes et les viviers à s'occuper.

Marcel, l'aîné des trois enfants survivants, avait déjà seize ans. Le décès de sa sœur le touchait en pleine adolescence. Comment le vécut-il lui qui, déjà, avait remplacé le petit Roger dans le cœur de ses parents ? En apparence, il resta de marbre. « *Je ne comprends toujours pas qu'il n'ait jamais eu le moindre geste de compassion, d'affection envers eux en cette période difficile* », s'interroge sa sœur. Elle n'imagine pas que son frère aîné ait pu lui aussi souffrir énormément à ce moment-là et bien avant.

Jean, le petit dernier, bénéficia d'un regain d'attachement de la part de ses parents. Il était né le 13 août 1925, moins de dix mois après le décès de sa grand-mère Émilie. Florida avait alors quarante-deux ans et avait été surprise par cette grossesse tardive. Il avait d'abord eu du mal à se faire une place dans le cœur de sa mère. Mais après le décès d'Andrée, comment aurait-elle pu rejeter plus longtemps ce bébé qui lui était tombé du ciel ? Il était bien trop jeune à la disparition de sa sœur pour mettre des mots sur sa souffrance. Pourtant, il a dû lui aussi ressentir douloureusement l'absence de sa sœur aînée et le chagrin éprouvé par tous.

Quant à Jeanne, elle fut désormais au centre de toutes les attentions. Ses parents redoublèrent de sollicitude à son égard puisqu'elle était désormais leur seule fille. « *J'ai reçu*, pense-t-elle, *toute l'affection qu'ils ne pouvaient plus exprimer à Andrée* ». Ainsi, son manque d'appétit de ces années-là pourrait peut-être en partie s'expliquer par sa propre tristesse, mêlée de culpabilité, à l'égard de sa sœur décédée. Jeanne n'a pu ressentir le chagrin et l'angoisse de ses parents sans les partager.

Elle explique aussi par son caractère ouvert et enjoué, l'attention particulière dont elle fut l'objet à partir de ce moment-là. Andrée avait toujours été une enfant douce et sage. Jeanne cultiva sa différence, ne serait-ce que pour donner un peu de joie à ses parents endeuillés.

L'attachement des parents de Jeanne à son égard eut plus tard force de destin. Le jour où elle souhaita partir sur le continent apprendre le métier de coiffeuse, ils s'y opposèrent. Ils ne voulaient pas la perdre, elle, leur dernière fille. Il faut dire qu'elle avait alors treize ou quatorze ans, l'âge d'Andrée au moment de sa mort.

Dans l'esprit de Jeanne, la disparition d'Andrée transforma sa relation avec son père. Florida se réfugiant dans sa douleur, seul Louis était accessible. « *Il prit l'habitude de m'emmener partout où il allait travailler avec son cheval et sa charrette*, dit-elle ; *il m'installait au bout du champ où je jouais avec mes poupées*». Jeanne était aussi celle qui allait le chercher au café. Louis adorait jouer aux cartes et y faisait, le dimanche après-midi, sa partie de manille. « *Il me demandait de venir le chercher en fin de journée*, dit-elle ; *à l'heure convenue, j'étais toujours là*». Jeanne ressemblait physiquement à sa mère. Mais la complicité qui se tissa entre elle et son père à partir de ces années-là la conduisit plus tard à emboîter ses pas dans l'ostréiculture.

Le chagrin provoqué par la perte d'Andrée, aussi profond fut-il pour Jeanne, fut cependant adouci par l'environnement familial et social des Monard. Mélina, la sœur de Florida, vivait avec sa famille dans la maison de la Pièce des Joncs. Des cousins habitaient dans la seconde moitié de la Grande Maison. Jeanne n'avait qu'à traverser le couloir ou la rue pour les retrouver. « *À l'époque, on était sept garçons et huit filles du même âge*, raconte-t-elle ; *on n'avait pas le temps de s'ennuyer*». Ainsi, le jour où Florida était plongée dans ses pensées, où Jeanne elle-même était triste, sa tante, son oncle et ses cousins étaient là pour lui redonner de la joie au cœur.

Pendant sa longue période de deuil, la famille Monard fut aussi soutenue par ses voisins.

Au début du siècle, la tuberculose était encore une maladie taboue. Mais, d'après Jeanne, d'autres enfants en périrent à la même époque et les habitants du village ne montrèrent jamais aucun sentiment de rejet à l'égard des siens. « *Bien au contraire, fait-elle ; beaucoup d'entre eux avaient été énormément touchés par la disparition d'Andrée et apportaient du réconfort à mes parents. Ma mère avait la réputation d'une femme sympathique et tout le monde lui rendait visite* ».

Plus généralement, la vie traditionnelle villageoise, par son caractère stable et sûr, aida Jeanne et les siens à surmonter leur peine. L'univers des gens s'arrêtait à l'orée de leur village ou de quelques gros bourgs des environs. Celui de Jeanne, au temps de sa jeunesse, se cantonnait au triangle du Château-d'Oléron, de Saint-Trojan et de Dolus.

Rares étaient encore, jusqu'au milieu du siècle, les Oléronais qui avaient quitté l'île. Les hommes en avaient eu plus souvent l'occasion mais c'était pour aller à la guerre. La majeure partie de la population ne découvrit le continent que pendant la seconde guerre mondiale. « *Les habitants du fond* (du nord) *de l'île avaient l'habitude de marcher avec des sabots de bois blancs*, raconte Jeanne ; *il y avait peu de magasins sur l'île. Pendant la guerre, ceux-ci étant vides, on prenait le bateau pour aller s'approvisionner chez Petorrain à Tonnay-Charente. C'était un événement*».

Jeanne se rendit pour la première fois sur le continent quand elle avait sept ou huit ans. Avec ses parents, elle avait pris le bateau de la Compagnie Bouineau, du port du Château-d'Oléron jusqu'à celui du Chapus. Il transportait du vin, quelques voitures des passagers et des denrées, pour le ravitaillement. Du Chapus, ils étaient partis en autobus jusqu'à Rochefort. «*Je n'avais pas eu le mal de mer pour cette première traversée. En revanche, je fus très impressionnée par la ville*», dit Jeanne. Quand elle arriva place Colbert à Rochefort, elle dit à son amie qui était venue la chercher: «*C'est immense, Rochefort, c'est superbe*»! Il y avait beaucoup de monde dans les rues. «*J'avais peur de la foule. Mais j'étais irrésistiblement attirée par les magasins d'habillement que je trouvais très élégants. Je n'en revenais pas,* dit-elle; *dans l'île, je n'avais connu que des représentants qui allaient de porte en porte, en cheval et charrette, vendre du tissu au mètre*». Elle venait de découvrir la mode. Chacun de ses voyages à Rochefort serait l'occasion de s'acheter de nouveaux habits.

Quelques années plus tard, ces mêmes amies l'inviteraient aux grands bals de société rochefortais, en particulier ceux de l'Aviation et de la Marine. « *Au cours de ces soirées, je comparais les garçons de l'île à ceux de Rochefort, toujours tirés à quatre épingles. Je ne veux pas dire que j'étais orgueilleuse*, s'explique-t-elle, *mais je trouvais qu'ils avaient de la tenue, qu'ils étaient plus corrects* ». Ainsi, le jour où elle rencontrera son futur mari au bal à Saint-Trojan, décèlera-t-elle d'un œil avisé ses origines rochefortaises avant même de lui avoir adressé la parole.

Les Oléronais n'étaient donc pas de grands voyageurs mais Jeanne estime que la vie était plus agréable au village autrefois qu'aujourd'hui. Pendant la journée, le petit bourg était animé par les allées et venues des gens. Il comptait à l'époque un grand nombre d'artisans. À la veille de la seconde guerre mondiale, ils étaient encore une soixantaine de maçons, menuisiers, forgerons, serruriers ou encore cafetiers, épiciers, etc., à vivre et travailler à Ors.

Les gens se connaissaient bien et savaient s'épauler dans les coups durs. La sécurité sociale n'existait pas encore. L'État-providence n'avait pas pris le relais des solidarités humaines. « *Les gens étaient plus proches les uns des autres, plus ouverts, plus aimables*, estime-t-elle ; *le jour où vous étiez dans le besoin, tout le monde venait vous proposer ses services. Aujourd'hui, dans les mêmes circonstances, on se débrouille tout seul*». Pour elle, ce qui a changé le mode de vie des gens de l'île, c'est la télé. «*À partir du moment où on a eu la télévision, tout le monde est resté dans son petit coin tranquille. Après six heures du soir, il n'y avait plus personne dans les rues*». Jeanne reconnaît que le petit écran a eu du bon mais elle regrette qu'il ait tué les cafés, la communication entre les gens, y compris à l'intérieur de la famille. «*Certains vont jusqu'à ne plus se parler*, dit-elle; *avec Charles, on continuait à discuter, même quand elle était allumée*».

Le village était lieu de travail mais aussi de distraction. Après une journée de dur labeur, les hommes s'arrêtaient boire un verre et discuter dans l'un des quatre cafés du village, avant de rentrer à la maison. Le dimanche, ils y jouaient aux cartes.

Le samedi, c'était toute la population du village qui s'entassait dans une arrière-salle du café français pour assister à une séance de cinéma. Dans les années 1930, l'invention des frères Lumière avait fait son apparition jusque dans les villages les plus reculés. Un Monsieur Poitou arrivait de Saint-Pierre avec son matériel, chaque vendredi, pour l'animer.

Dès sa plus tendre enfance, Jeanne fréquenta le cinéma du Café français. Elle s'y rendait avec des amies. Sa mère refusa toujours de l'y accompagner. D'une part, parce qu'elle était en deuil ; d'autre part parce qu'elle considérait que ce n'était pas un endroit convenable pour une femme de son âge. Mais il y avait toujours une autre mère pour les chaperonner. C'est ainsi que, bien avant de voir des longs métrages, elle découvrit l'image, grâce à des dessins animés muets.

Elle aimait la magie du cinéma, mais ce qui l'excitait par-dessus tout, en ce temps-là, c'était les *frairies*[43]. Elle attendait toujours avec fébrilité le week-end de la Pentecôte où avait lieu la fête foraine de son village. Celle du Château se tenait le troisième week-end de juin, et celle de Saint-Pierre, le dernier week-end de juin. C'était le seul moment de l'année où Jeanne sortait de son triangle habituel, Dolus-Saint-Trojan-Le Château. La fête, dans la capitale de l'île, dépassait toutes les autres en taille.

Aujourd'hui, les frairies ont un caractère désuet mais, pour Jeanne, elles restent de merveilleux souvenirs d'enfance. « *À sept ou huit ans, j'adorais monter sur les chevaux de bois et le pousse-pousse. Quand je n'étais pas sur les manèges, je jouais à la loterie, j'achetais des gâteaux ou des confiseries à la pâtisserie Dangaly ou encore*

43. Fête patronale du village.

j'allais, avec les autres enfants du village, vendre des insignes aux grands». Avec l'argent récolté, le comité des fêtes achèterait des lots, l'année suivante, pour les jeux des enfants : course en sac, pêche à la ligne, etc. Le soir, ils défilaient à travers le village au son de la fanfare, torches et fanions illuminés à la main, avant le lancement du feu d'artifice.

Jeanne se souvient encore de l'apparition des premières auto-tamponneuses à Oléron. «*Acheminer ce nouveau manège sur l'île, à une époque où le pont n'existait pas encore, avait été tout un événement*», souligne-t-elle. Le manège en lui-même, avec ses voitures électriques, aurait suffi à susciter des frissons, car il représentait la modernité par excellence. Il n'y avait pas encore beaucoup de voitures sur l'île. En posséder et en conduire une n'était pas à la portée de tout le monde. Et encore moins de celle des femmes. Au volant des auto-tamponneuses, Jeanne et ses amies, remplies de joie, assouvissaient un rêve.

Dans un tel environnement, Jeanne se sentait bien à Ors. C'était son royaume. Cela ne l'empêcha pas de fréquenter régulièrement sa famille de Trillou. Même si l'éloignement rendait les liens plus difficiles, ils étaient très solides car, dit Jeanne, «*nous avions l'esprit de famille. Il ne se passait jamais plus d'un mois sans qu'on se retrouve. Il y avait toujours quelqu'un qui se déplaçait et lançait une invitation à déjeuner*».

Ils se retrouvaient surtout au moment de la frairie du village. Les parents de Jeanne venaient à la maison et vice versa. «*On n'était pas riches, dit-elle, mais il y avait toujours assez à manger pour tout le monde avec les volailles et le cochon élevés à la ferme, les crabes et le poisson pêchés à la marée. La viande rouge était réservée aux grandes occasions. Et encore, c'était souvent un pot-au-feu avec des légumes. Qu'importe! On était heureux de se retrouver*»!

D'une branche à l'autre de la famille, Noël était aussi une grande fête. Bien sûr, quand Jeanne était encore petite, Noël rimait avec cadeaux. Elle estime avoir toujours été très gâtée par ses parents. «*J'ai reçu de très jolies poupées et de très beaux jeux de société, tout ce qu'un enfant pouvait désirer: jeu de l'oie, de dames, de croquet...*»

Elle recevait aussi un cadeau à chaque anniversaire et chaque fête. «*Dans la famille, c'était une tradition que je poursuis encore aujourd'hui avec grand plaisir, avec mes enfants et petits-enfants*», ajoute-t-elle.

C'était toujours Florida qui achetait les jouets d'anniversaire et de fête. Ensuite, elle attendait que son mari fût présent pour les offrir aux enfants. Quant à Noël, c'était bien sûr le Père Noël qui les déposait au pied du sapin. Jeanne se revoit encore mettre ses souliers dans la cheminée avec son frère Jean. Le lendemain matin, ils découvraient avec délice les oranges, les bonbons et les jouets enrubannés. « *Comme tous les enfants, j'ai fait semblant de croire au Père Noël pendant encore un an ou deux pour profiter de sa générosité* », avoue-t-elle en riant.

Plus tard, quand elle avait seize ou dix-sept ans, Florida préparait chaque année à Noël un grand réveillon familial. Ce soir-là, Jeanne n'allait ni à la messe de minuit ni au bal, avant de manger mais au cinéma.

Les rituels catholiques étaient également prétexte à retrouvailles. La famille de Jeanne a toujours été catholique et, même si, pour elle aujourd'hui, la religion est une affaire entre Dieu et elle, baptêmes, communions, mariages et enterrements ont toujours fait l'objet de célébrations communes.

Jeanne grandit donc dans ce cadre familial et social chaleureux et sécurisant. La disparition de sa sœur avait certes été une épreuve difficile mais la vie triomphait.

CHAPITRE 5
Le destin prend forme

Comme tous les enfants, Jeanne était peu à peu sortie du giron maternel pour faire ses premières expériences dans le monde extérieur. Le premier lieu que Jeanne fréquenta fut la garderie d'Ors. Il n'y avait pas d'école maternelle en ce temps-là au village. Lorsque Florida devait aller travailler à la côte avec son mari, ou détroquer des huîtres à la cabane, elle confiait sa fille à la vieille dame handicapée qui en était responsable. Jeanne ne se plaisait pas du tout à la garderie. « *On était trente à quarante enfants entassés dans une seule pièce*, dit-elle ; *il y avait toujours un poêle qui fumait dans cette cabane en bois. Le lieu était peu approprié pour une gamine à la santé fragile comme moi* ».

Elle ne fut pas longue à quitter la garderie pour l'école publique du Château-d'Oléron. À six ans, brodequins de cuir aux pieds, elle commença à parcourir, matin et soir, les deux kilomètres qui la séparaient de la grande bâtisse située le long des remparts. « *On partait toujours en bande avec d'autres camarades*, dit-elle, *après la traversée du marais, on quittait les garçons à la grille de leur école à l'entrée du village* ». Elles continuaient jusqu'à la leur plus au nord. Le soir, les garçons les attendaient pour rentrer à Ors. « *Il n'était pas rare qu'on les fasse bisquer en chemin*, raconte un cousin de Jeanne, *le lendemain, elles allaient se plaindre auprès du directeur de l'école de garçons. Le coupable était alors condamné à tourner toute la journée autour d'un arbre* ». Cela n'empêchait pas les garçons d'attendre les filles, le soir même, pour rentrer à la maison.

Un peu plus grande, elle eut un vélo pour aller à l'école. « *Le jour où je n'avais pas envie d'y aller, je l'envoyais valser dans le fossé* », confie-t-elle. Par temps de pluie, elle utilisait encore un autre moyen de locomotion : le train. Depuis 1904, en effet, la Compagnie des Chemins de Fer Économiques de Charente desservait tous les gros bourgs de l'île. Le tramway à vapeur, qui circulait à une moyenne de quarante kilomètres à l'heure, s'arrêtait même en rase campagne pour faire monter des voyageurs. Il suffisait de faire signe au conducteur au bord de la voie. Florida accompagnait Jeanne à la gare située juste à l'entrée d'Ors. «*J'ai toujours détesté ce train qui avançait péniblement au son de ses teuf, teuf, teuf*», ajoute-t-elle.

Jeanne fut donc la première de la lignée à fréquenter l'école républicaine. C'était le modèle même d'établissement bâti dans le prolongement des lois Jules Ferry. Lorsqu'elle y fit son entrée, rien n'avait changé depuis sa construction en 1892. Le logement des institutrices, recouvert d'ardoises, s'élevait sur deux étages à l'angle de deux rues. Suivaient en enfilade les six classes de cours élémentaire, cours moyen et cours supérieur, avec leur toit de tuiles mécaniques rouges. En face, se trouvaient le préau et la cantine.

Les classes étaient construites au-dessus de la cave, pour que l'air circule bien à travers le plancher[44]. Un escalier de six marches, bordé d'une rambarde, menait à chacune d'elles. Au sous-sol était entreposé le charbon utilisé pour chauffer en hiver. «*Il y avait, bien entendu, un poêle Godin en fonte, dans chaque pièce. À gauche de l'entrée, sur l'estrade, se trouvaient la chaire et la chaise paillée de la maîtresse*, décrit-elle; *et derrière, le fameux tableau noir, auquel étaient accrochés la boîte à craie et à chiffon, l'équerre, le compas, le rapporteur et la grande règle*».

44. Combes & Fortin 1995 : 24.

Les tables des élèves étaient parfaitement alignées, de la plus petite à la plus grande, sur trois rangées, pour permettre à la maîtresse de contrôler le travail des élèves d'une allée à l'autre. « *Comme j'étais grande, j'étais assise dans celle du milieu* », dit Jeanne. Les bancs et les tables étaient d'une seule pièce : une barre servait de repose-pieds, une autre de dossier bien raide pour tenir le dos très droit. Chaque élève avait son casier pour ranger ses affaires. Et, sur le côté de la table, un clou pour accrocher son sac de bûchettes à compter et son sarrau[45]. Toutes les élèves portaient obligatoirement une blouse. Seule la couleur était laissée à leur fantaisie. « *C'était assez triste* », ajoute-t-elle ; « *on n'avait le choix qu'entre le bleu, le gris ou une autre couleur unie* ».

Jeanne entretint toujours d'excellentes relations avec ses institutrices successives. « *Elles me témoignaient beaucoup d'estime, et c'était réciproque*, affirme-t-elle ; *j'ai toujours eu beaucoup de respect pour Mademoiselle Beillard, Madame Deshormeaux et mes autres enseignantes* ». Lorsqu'elle eut quitté l'école, elle revit souvent la première qui était restée dans l'île. Elle était musicienne et cela fascinait Jeanne qui lui voua toujours une grande admiration. Sans doute au-

45. Id., p. 100-101.

rait-elle eu des prédispositions pour la musique mais il ne lui fut pas donné les moyens de l'étudier. Elle aurait aimé, plus tard, les offrir à son fils mais celui-ci ne partageait pas sa passion et refusa.

Toujours gaie et chaleureuse, Jeanne avait aussi de très nombreuses camarades. «*Aujourd'hui encore, j'ai la chance d'en revoir quelques-unes régulièrement. Depuis la disparition de mon mari, en particulier, on se retrouve de temps à autre pour se promener ou s'amuser*», dit-elle.

Pourtant, malgré ses bonnes relations avec ses camarades et ses institutrices, Jeanne détestait l'école car elle n'y réussissait pas. Chaque soir, son père lui faisait réciter ses leçons. «*J'aimais les sciences, la cuisine, les expériences et l'Histoire*, dit-elle; *apprendre un carnet de dates ne me faisait pas de peine. Mais le lendemain, pfttt! Tout s'était envolé*». C'était terrible pour la fillette. Quand elle arrivait en classe et que l'institutrice l'interrogeait, elle avait tellement peur de mal faire qu'elle préférait ne rien dire. «J'étais timide, je n'osais pas m'exprimer, j'avais peur qu'on se moque de moi».

Au début du siècle, la rudesse de la vie paysanne ne laissait guère de temps aux parents pour éveiller leurs enfants. Ainsi, l'enfant maîtrisait-il le langage plus tard qu'aujourd'hui et celui-ci se limitait souvent aux aspects de la vie pratique qu'il glanait ici et là dans les conversations. Pour beaucoup cela se traduisait souvent par une certaine timidité, un manque d'assurance à s'exprimer oralement. À ce titre, Jeanne n'avait rien d'une exception.

Par ailleurs, les enseignants, y compris les institutrices qu'a connues Jeanne, s'appuyaient encore sur l'autorité, voire parfois une certaine violence physique, pour contrôler leur classe.

Si l'on ajoute à ce contexte la disparition d'Andrée, on peut comprendre toutes les raisons qui ont pu conduire Jeanne à un échec scolaire précoce. Elle avait six ans quand sa sœur est morte, et commençait juste sa scolarité. «*À l'époque, la mort restait un sujet tabou*, confie-t-elle; *on n'en parlait pas. Chacun restait seul avec ses sentiments*». Si Jeanne pleure encore aujourd'hui sa sœur, on peut facilement imaginer que la petite fille ait pu être submergée par ses émotions au moment clé de l'apprentissage de base.

Louis ne comprenait pas ce qui arrivait à sa fille. Il en parla même un jour à la maîtresse. Sans doute ne trouva-t-elle pas de réponse car quand Jeanne, dégoûtée de l'école, demanda à la quitter, personne ne la retint. Elle avait moins de treize ans quand elle annonça son envie d'apprendre le métier de coiffeuse. «*Je ne sais pas pourquoi ce métier me plaisait. J'adorais coiffer mes petites poupées. Alors je m'étais dit que je serais coiffeuse*».

En fait, son choix n'est pas si étonnant. Jeanne a toujours été une femme coquette. «*J'ai toujours aimé être bien habillée, y compris aujourd'hui*», susurre-t-elle avec pudeur. Florida encouragea en elle ce sentiment de féminité en la comblant, dès son plus jeune âge, de jolies robes. Elle avait dû elle-même intégrer le goût de la mode à l'école des Filles de la Sagesse. Dans l'éducation de la jeune fille bourgeoise de la fin du XIXe siècle, en effet, apprendre à bien s'habiller, à cultiver son apparence, jouait un grand rôle. La beauté a toujours été un critère d'évaluation de la féminité. Les jeunes filles apprenaient donc la couture et les arts d'agrément[46]. L'apprentissage de la couture s'accompagnait nécessairement d'un goût pour l'habillement et, cela va de pair, pour la coiffure.

C'est toujours Florida qui décidait de la tenue de Jeanne. «*Je n'aurais jamais osé demander*», avoue Jeanne. Ainsi, chaque fois qu'elle était invitée à un mariage – et elle l'était souvent – sa mère lui faisait confectionner de nouvelles robes longues assorties de capelines par la cou-

46. Lévy 1984: 13-26

turière familiale. « *L'ensemble était d'une certaine couleur pour le jour, d'une autre pour le soir*, explique-t-elle ; *les chaussures de couleur n'existant pas à l'époque, ma mère allait même jusqu'à me les faire teindre pour qu'elles soient assorties à mes robes, mon chapeau et mes gants* ».

À travers les nombreuses tenues qu'elle lui procurait, Florida renforçait l'identité sociale de sa fille. « *Je sentais bien que si ma mère me faisait faire une robe, c'est qu'elle pouvait la payer*, assure Jeanne ; *ce n'était pas le cas chez tout le monde* ». Gracieuse et élégante, elle emporta plus d'un titre de reine et de demoiselle d'honneur. Une année, elle fut même élue reine des vendanges lors d'une cavalcade.

L'attitude de sa mère lui permit ainsi d'acquérir, à partir de l'adolescence, une image positive d'elle-même et de son milieu social qui contrebalançait le sentiment négatif que Jeanne aurait pu nourrir face son échec scolaire. Dans son milieu et à son époque, échouer à l'école n'était pas si grave, encore moins pour une fille. En revanche, une apparence chic et soignée les jours de fête était le miroir d'un certain accomplissement économique. Cela avait un sens profond au sein d'une communauté entièrement tournée vers son ascension sociale. À travers l'attention portée à l'habillement, Florida transmit donc à sa fille une fierté dans son patronyme, une confiance qui l'a portée tout au long de son existence et qui, vraisemblablement, fut l'un des moteurs de sa réussite.

Un troisième élément serait peut-être à prendre en compte dans le choix de Jeanne d'être coiffeuse. Dans l'île, à l'époque, il n'y avait pas un grand choix de professions pour les jeunes filles. Les femmes de sa lignée avaient toutes vécu une existence rurale et paysanne, sauf sa grand-mère paternelle Adeline qui avait appris le métier de couturière. À travers son choix, Jeanne exprimait inconsciemment son désir d'une autre forme d'existence, en rupture avec celle de ses ancêtres, plus sophistiquée, urbaine, à l'image des jeunes filles de Rochefort ou, peut-être, des actrices qu'elle voyait dans les films au cinéma du Café français. D'où aussi plus tard, son attirance pour un jeune homme issu d'un milieu urbain. En l'épousant, elle cherchait à absorber la magie de la ville, à assouvir une soif d'inconnu, de nouveauté, dont son environnement l'avait privée. Jeanne se sent profondément oléronaise, et plus particulièrement du sud. Mais en même temps, il semble que l'espace social et culturel de l'île lui ait été trop étroit. Pour elle, comme pour son fils, le mariage sera le moyen d'aller à la rencontre de cet inconnu.

Quand Jeanne décida de son avenir, au début des années 1930, les Oléronais allaient peu chez le coiffeur. « *Il n'y avait que deux artisans dans toute l'île*, raconte Jeanne ; *l'un, Monsieur Seguin, avait un cabinet à Saint-Pierre. Le deuxième était une femme, Mme Vauzelle, au Château-d'Oléron. Pour apprendre le métier, il n'y avait d'autre école que l'apprentissage chez un professionnel. Les places étaient donc chères. Il fallait avoir de bonnes relations ou attendre patiemment son tour* », souligne-t-elle.

Pour réaliser son rêve, il aurait fallu que Jeanne puisse partir sur le continent. À quatorze ans, elle était prête à quitter les siens pour aller vers son destin. Elle s'imaginait déjà partir à Rochefort où elle avait des amis. Il lui aurait suffi de traverser le coureau en bateau puis de prendre l'autobus jusqu'à la ville. « Ce ne serait quand même pas la mort », se disait-elle. Mais ses parents n'acceptèrent jamais de la laisser partir. « *Ça ne se faisait pas, estimèrent-ils, et puis, avec ce qui était arrivé* » !

Ironiquement, une génération plus tard, le fils de Jeanne décida de partir au lycée sur le continent. Jeanne, comme ses parents, s'opposa d'abord au départ de son unique enfant. Mais, pour ne pas que l'histoire se perpétue, elle finit par accepter.

Florida et Louis proposèrent en échange à leur fille d'entrer en apprentissage chez une couturière du Château-d'Oléron, spécialisée dans la fabrication de robes de mariée et de soirée. Jeanne aurait préféré apprendre une couture plus proche de son quotidien. « *L'ostréiculture est un métier pénible dans lequel on déchire beaucoup ses vêtements*, fait-elle ; *et puis, à l'époque, les gens ne changeaient pas de pantalon au premier accroc. Il fallait sans cesse les raccommoder. On ne savait jamais si c'était le morceau d'origine ou une pièce qu'on remplaçait. Mais au lieu de m'apprendre à repriser les pantalons de mon père, on m'a initiée au flou, aux fronces et aux volants.* » Jeanne, qui aimait être bien habillée, aurait pu prendre plaisir à se faire de belles robes. Mais non, le cœur n'y était pas !

Au bout d'un an, elle annonça à son père qu'elle voulait venir travailler les huîtres avec lui. Elle aurait pu devenir agricultrice puisqu'il possédait encore des terres et des animaux. Elle connaissait bien le métier. Elle avait participé pendant toute son enfance au travail des champs. Elle savait couper le blé à la faucille, le raisin au sécateur, ramasser les pommes de terre et faucher le foin. Mais elle trouvait l'agriculture pénible et contraignante. « *Les animaux, il faut les soigner deux fois par jour, 365 jours par an.*

C'est trop de contraintes». En revanche, elle avait appris à aimer la pêche et le travail des huîtres au cours de ses nombreux voyages en mer avec son père. «*Il m'avait donné le goût du métier*», dit-elle.

Des années de silencieuse complicité l'avaient amenée à l'une des décisions majeures de sa vie. Pour Jeanne, l'ostréiculture évoquait à la fois l'aventure et l'espoir d'un avenir florissant. Ce serait bientôt son Eldorado. C'est ainsi qu'il y a plus de soixante ans, elle entra en ostréiculture comme on entre en religion.

CHAPITRE 6
La rencontre

Une fois sa décision prise, Jeanne ne quitta plus son père. Elle le suivait partout sur les parcs à huîtres. Il lui apprit à entretenir les viviers et à pêcher les huîtres. Elle trouva toujours ces travaux, qui exigeaient une grande force physique, très pénibles. Il lui apprit aussi à reconnaître les vents, scruter le ciel et naviguer à la rame.

Quand elle n'allait pas avec lui sur les parcs d'élevage, chaussée de ses cuissardes de caoutchouc, elle triait les huîtres avec sa mère ou une employée. Jeanne, qui avait échoué à l'école et en couture, saisit l'ostréiculture comme une nouvelle chance. Elle s'appliquait à faire les gestes de son mieux et essayait de retenir tous les conseils de ses parents. Très tôt, elle eut la responsabilité de diriger la *femme de cabane*[47]

47. ouvrière ostréicole travaillant dans une cabane et qui, par extension, occupe les fonctions traditionnellement accomplies dans la cabane : décollage et tri des huîtres, préparation des collecteurs, etc.

en l'absence de Florida. L'employée, bien sûr, l'écoutait, et Jeanne prenait plaisir à sa nouvelle vie.

Plus tard, seulement, quand elle fut adulte, elle regretta de ne pas avoir fréquenté l'école plus longtemps. Elle se disait qu'elle aurait mieux fait d'y rester jusqu'à la fin de sa scolarité. « J'étais partie parce que cette situation d'échec m'humiliait », dit-elle. Toutefois, quitter l'école précocement ne l'empêcha en rien de mener sa vie tambour battant et d'avoir, aujourd'hui, le sentiment de l'avoir réussie.

Lorsque Jeanne se mit à travailler avec ses parents, son frère aîné Marcel était adulte. Il avait terminé ses deux ans de service militaire dans la Marine et travaillait avec eux. Ils entretenaient des rapports distants et se parlaient peu. En revanche, elle veillait toujours sur son cadet de six ans, le petit Jean. La longue maladie de sa mère, après la disparition d'Andrée, avait fait d'elle une seconde maman. Vers treize ans, il fut quelque temps souffrant. Tous les matins, Jeanne se chargeait de ses soins. Quelques années plus tard, elle continuait à repasser ses chemises et à faire les plis de ses pantalons. Dans sa famille et à son époque, seules les femmes assumaient les tâches ménagères. Jeanne ne remettait pas en question cet état de fait. Mais elle se sentait très différente de son frère. Elle râlait souvent après ce cadet qu'elle trouvait trop rêveur et indolent à son goût. «*J'étais la seule sur qui mes parents pouvaient compter*», estime-t-elle. Assurant le relais de Florida dans les tâches ménagères, elle était aussi sur le point de devenir le bras droit de son père sur l'exploitation.

La vie de Jeanne s'organisait désormais entre les marées, pendant la semaine, et entre les fêtes familiales, les bals et les frairies, le week-end. D'avril à septembre, elle partait en vélo, avec ses amies, aux frairies des alentours, à trois ou quatre kilomètres à la ronde, toujours chaperonnées par la mère de l'une d'entre elles. Quelquefois, celle-ci les invitait à déguster un homard au restaurant avant de se rendre à la fête.

La raie au milieu, les cheveux mi-longs ondulant de chaque côté de son visage ovale, Jeanne la coquette, à la mine enjouée, s'envolait vers le plaisir.

Dans les bals, les frairies, ou encore aux mariages où elle était invitée, elle rencontrait de nombreux jeunes gens. «*Je ne manquais pas d'admirateurs*», avoue-t-elle en toute modestie. «*Vers l'âge de dix-sept ans, un jeune soldat, qui partait pour le Maroc, avait demandé à mon père l'autorisation de correspondre avec moi. On échangea quelques lettres mais lorsqu'il proposa de me rendre visite à sa prochaine permission, je mis fin à la relation* », dit-elle.

Jeanne n'aimait guère les garçons du pays. Elle n'appréciait pas leur comportement. Les jeunes de la Cotinière, en particulier, avaient alors une réputation de bagarreurs. « *Je trouvais qu'ils manquaient de savoir-vivre et de galanterie,* fait-elle ; *j'avais en particulier horreur des garçons qui entraient dans une pièce en passant devant les filles sans se décoiffer* », dit-elle. Mais cela ne l'empêchait pas de rire, de s'amuser et de danser comme une folle.

Florida avait commencé à préparer son trousseau de mariage. À chaque fois que passait au village un représentant de la Maison Laterre de la Roche-sur-Yon, en Vendée, elle proposait de lui acheter des torchons, des mouchoirs, une nappe et des serviettes, ou encore des draps. « *Elle me demandait de choisir ce qui me plaisait,* dit Jeanne ; mais le mariage restait pour moi une perspective encore très floue ». Cela arriverait, un jour. Pour l'instant, elle s'amusait.

Un jour d'août 1937, elle rencontra, au bal du casino de Saint-Trojan, un garçon pas comme les autres. Il était bien habillé et avait l'air distingué. Elle sentit qu'il avait une autre éducation. « *La première fois qu'il vint m'inviter à danser, il fit preuve d'une telle délicatesse que j'eus tout de suite le coup de foudre* », avoue-t-elle les yeux encore tout pétillants de bonheur. Elle avait trouvé l'homme de ses rêves. « *J'avais le sentiment de le connaître depuis toujours* », confie-t-elle. Jeanne ne pouvait deviner, à première vue, toutes ses qualités, mais elle fut littéralement éblouie par sa prestance.

Charles Eugène Robert Fillon, dit Charlot, était un jeune homme mesurant 1 m 73, aux cheveux châtains frisés. Son visage ovale, au nez légèrement busqué, était animé d'un doux regard noisette. Il était originaire de Rochefort et menuisier de métier. Il était venu dans l'île pour y travailler car il y avait aussi, à l'époque, beaucoup de chômage. Il avait préféré quitter sa ville natale plutôt que de rester sans travail.

Il était le deuxième enfant d'une fratrie de quatre. Sa sœur aînée, Léone, avait deux ans de plus que lui. Son frère cadet, Robert, deux ans de moins. Quant au petit dernier, Jacques, il était venu au monde six ans après. Il y avait donc de nombreuses bouches à nourrir à la maison. « *Charles n'aurait jamais pensé vivre au crochet de ses parents*, dit Jeanne ; *il mettait un point d'orgueil à gagner sa vie, fût-ce en prenant n'importe quel emploi. À dix-huit ans, il était allé décharger des cargaisons de morue sur le port de Rochefort* ».

Charles était d'un naturel réservé mais infiniment tendre. Plus tard, il se montra toujours plein d'une profonde affection et d'une grande admiration envers sa femme. Il jouait de l'accordéon et, comme Jeanne, aimait beaucoup danser. «*Pendant les mois qui ont suivi notre rencontre, on se retrouvait au bal tous les samedis soir*», dit-elle. Ils aimaient en particulier le casino de Saint-Trojan, qui accueillait de temps en temps de grandes vedettes. Le plus souvent, c'était l'orchestre Mariton qui animait les soirées dansantes. Un nom prédestiné? «*On faisait tous les concours de danse*, poursuit-elle sur sa lancée; *on ouvrait le bal et on le fermait*».

Ils s'étaient trouvés. Elle avait dix-huit ans, il en avait vingt-et-un. Leur vie ne serait pas sans épreuves, mais à écouter Jeanne parler de lui, on sent combien ils se sont profondément aimés. Charles est décédé le 13 juillet 1992. Pourtant, quand elle parle de lui, il y a dans sa voix une légèreté, une gaieté qui traduit bien le bonheur émotionnel qu'ils ont partagé.

Hormis le goût de la danse et de la fête, ils avaient en commun le respect d'autrui. Pour vivre dans la sérénité, ils savaient faire des concessions. «*On partait du principe que ce n'est pas toujours le même qui a raison, on cédait au désir de l'autre, à tour de rôle*».

Dix mois après leur rencontre, Charles emmena Jeanne à Rochefort chez ses parents. Ils partirent en vélo à Rochefort. Leur relation prenait une tournure sérieuse. Après cette présentation de Jeanne à ses parents, Charles ne serait plus long à faire sa demande en mariage. «*Il s'adressa en premier à maman*, dit Jeanne; *il savait que c'était la personne clé. Si elle acceptait, papa dirait oui lui aussi*». Il n'avait aucun souci à se faire car la réponse, d'emblée, fut positive. Florida et Louis étaient certes un peu tristes de perdre leur fille si tôt. « *Tu as tout juste dix-neuf ans*», lui disait sa mère. Qui plus est, Jeanne était devenue une professionnelle très efficace qu'ils regrettaient déjà. «*Maintenant que tu me rends tant de services, tu vas te marier*», ajoutait-elle. Mais ils étaient heureux du choix de leur fille et allaient lui offrir un merveilleux mariage.

Jeanne ne décida de rien ou presque. Charles fixa la date. Et les parents des deux familles invitèrent tout ce qu'ils pouvaient compter de cousins et d'amis. Au total, ce furent pas moins de 130 personnes qui furent conviées à Ors pour célébrer le joyeux événement pendant trois jours.

La cérémonie du mariage eut lieu le premier jour, le 15 octobre 1938. «*J'avais une longue robe blanche en satin, parée d'une traîne de plusieurs mètres de long que ma mère m'avait faite confectionner par une couturière du Château-d'Oléron,* raconte-t-elle, le plaisir aux lèvres ; *et sur la tête, je portais un voile et une couronne de fleurs tressées. Pour l'occasion, j'avais cru bon de me faire friser les cheveux. Hélas!* dit-elle en riant, *le résultat n'était pas à la hauteur de mes espérances. Je n'ai jamais renouvelé l'expérience depuis*». Mais ce détail n'entacha en rien sa joie. À sa descente du perron de la *Grande Maison*, quelle ne fut pas sa surprise ! Les enfants de l'école avaient semé un chemin de fleurs et de lauriers sur la route d'Ors, du jardin de la maison jusqu'au virage. «*C'était magnifique*» ! dit-elle, «*j'étais très émue*». Jeanne partit à pied au bras de son père jusqu'à la mairie puis l'église du Château. Charles, en smoking et nœud papillon, fermait le cortège au bras de sa mère.

Le repas du mariage eut lieu dans une salle du Café français. Rien n'était trop beau pour les jeunes tourtereaux. «*Homard, crevettes roses, soles, merlus... Mes parents avaient choisi les mets les plus fins et les plus chers que l'on puisse trouver dans l'île pour célébrer notre mariage*», poursuit-elle avec fierté. Après le repas, la joyeuse compagnie dansa une bonne partie de la nuit au son de l'orchestre, dans une remise prêtée par un voisin, de l'autre côté de la rue. Les mariés s'enfuirent passer leur nuit de noces chez des amis à Vert-Bois. Au petit matin, les convives finirent par les retrouver. « *Ils nous réveillèrent en fanfare avec la traditionnelle soupe à l'oignon, servie dans un vase de nuit. Berk*, grimace Jeanne, *Charles en goûta mais moi qui ai horreur des oignons, je réussis à y échapper* ».

Le lendemain après-midi, après un repas de colin, les hôtes offrirent à leurs invités un tour de l'île en autobus. C'était la coutume chez les Oléronais qui en avaient les moyens. « *On avait loué un autobus à Saint-Trojan* », dit-elle. D'Ors, le chauffeur avait emmené ce petit monde chantant à tue-tête du côté de Boyardville, puis de Saint-Denis, avant de rentrer par la Cotinière.

Le troisième jour, la fête continua encore par des danses autour d'un feu de joie. « Tous les balais du voisinage périrent dans les flammes », poursuit-elle. La fête avait été grandiose et Jeanne en garde un souvenir très précieux au plus profond de son cœur.

Au lendemain de son mariage, le jeune couple vécut avec les parents de Jeanne dans la *Grande Maison*. Louis avait proposé à Charles de s'installer dans l'ancienne Vannerie Jouve qu'il avait achetée en 1935. La propriété, située à vingt mètres de chez eux, comprenait une masure et des garages. Il y avait encore, à côté du puits, les bassins dans lesquels on mettait l'osier à tremper. « *Mon père pensait que Charles aurait pu s'y construire un atelier de menuiserie*, dit-elle ; *mais il avait peur du chômage. Il lui répondit que puisque je travaillais dans l'ostréiculture et que je m'y plaisais, il s'y mettrait lui aussi* ».

Les premiers mois qui suivirent le mariage provoquèrent chez Jeanne une véritable révolution intérieure. Elle avait toujours été un peu nerveuse et brouillon. « *Il ne parlait pas pour ne rien dire*, dit-elle ; *je fis plus attention à ce que je racontais. Il avait vécu seul plusieurs années, était ordonné et minutieux. Il rangeait toujours ses affaires de façon impeccable tandis que moi j'envoyais mes godasses à droite et à gauche. Je me suis efforcée de corriger mes défauts* ».

À l'inverse, Jeanne semble toujours avoir été, dans le couple, celle qui avait des idées, qui allait de l'avant. C'était une Monard dans l'âme. Combattive, entreprenante, ambitieuse, elle nourrissait toujours de nouveaux projets. « *J'essayais toujours de les lui présenter avec diplomatie pour ne pas heurter son amour-propre* », fait-elle. Parfois, il lui donnait raison. D'autres fois, il accueillait sa proposition en lançant à sa belle-fille : « *Ça y est, Poule, écoutez l'adjudant !* »

Leurs conflits tenaient principalement aux questions de patrimoine. Jeanne, comme ses ancêtres, vivait beaucoup pour acheter de nouvelles terres, de nouvelles maisons. L'acquisition de patrimoine, signe extérieur de richesse et de réussite sociale, était pour elle le moyen d'être reconnue aux yeux de sa communauté. Elle portait dans sa chair le désir d'honorabilité sociale de toute une lignée qui, pendant des siècles, avait été privée non seulement de la terre mais de la richesse, des honneurs et du pouvoir.

Charles n'avait pas les mêmes symboles de la réussite. Il venait d'un autre milieu. Il avait déjà un nom. Son père, ingénieur principal à la Marine, était non seulement un homme accompli intellectuellement mais reconnu par tous. À Rochefort, la Marine a longtemps été une institution auréolée de prestige et de respect. Son poste lui permettait aussi d'élever confortablement sa famille et de vivre dans un climat de sécurité, puisqu'il percevait un salaire régulier à la fin de chaque mois. Une sécurité inconnue dans le milieu agricole ou ostréicole où le revenu à tirer de la terre est toujours soumis aux aléas climatiques ou économiques. Le temps, les prix, tout varie d'un mois à l'autre, d'une saison à l'autre, sans que les agriculteurs ou les ostréiculteurs aient la moindre influence, le moindre pouvoir sur ces éléments.

Charles a dû grandir avec un sentiment de satisfaction, de contentement de soi, que Jeanne n'a pas connu. Ces conflits, dus à leur culture familiale respective, ne les empêchaient pas de vivre en harmonie. Leur union était d'autant plus forte que Charles ne se comporta jamais comme les hommes de sa génération et de son milieu d'adoption. Les ostréiculteurs s'occupaient alors rarement des tâches ménagères et de la cuisine. Aujourd'hui, certains d'entre eux sont peut-être plus enclins à les partager parce que leurs femmes travaillent à l'extérieur et réclament d'eux un comportement plus égalitaire. Ce n'était pas le cas à l'époque. Mais Charles avait souffert, pendant son enfance, de l'attitude très autoritaire de son père à l'égard de sa mère.

En effet, Léon Fillon exigeait toujours que sa femme Charlotte le servît au pied levé. « *Quand Monsieur rentrait de la pêche aux anguilles ou à la grenouille, de la chasse ou de la cueillette des champignons*, raconte Jeanne, *elle devait être là, à l'attendre, avec son tire-bottes et ses chaussons* ». Charles, qui aimait beaucoup sa mère, ne supportait pas de la voir ainsi humiliée et se refusa à reproduire le modèle parental. Ses deux frères et sa sœur souffrirent eux aussi de l'autorité et de la violence de leur père. « *Il était doué en algèbre et les interrogeait devant un tableau noir* », poursuit Jeanne ; « *ils tremblaient tous de peur car, à la moindre erreur, il sortait la ceinture en cuir de son pantalon pour les frapper* ».

Ainsi, lorsque Jeanne et Charles commencèrent à vivre ensemble, ils se répartirent les tâches ménagères. Jeanne faisait la cuisine. Charles mettait le couvert ou épluchait les légumes. « *Il ne lui serait pas venu à l'esprit de s'installer dans un fauteuil pour lire le journal pendant que je préparais le repas* », affirme-t-elle. Elle avait rêvé d'un homme bien éduqué mais n'en avait pas attendu autant. Pourtant – et on la comprend – elle ne se plaignit jamais de son attitude.

Jusqu'à la guerre, le jeune couple vécut avec les parents et Jean, le petit frère de Jeanne. À son mariage, Marcel avait obtenu la maison du Fief de Pairpouil. Jeanne et Charles débutaient dans la vie sans le moindre sou. Les parents de la jeune mariée avaient décidé de les loger et de les nourrir pendant un an pour les aider. La guerre survenant, Jeanne continua à vivre avec ses parents et son frère jusqu'au retour de Charles. Ce n'est donc que près de deux ans après leur mariage qu'ils firent ménage à part dans deux pièces de la *Grande Maison*. Ils y vécurent jusqu'au mariage de Jean. Mais celui-ci et sa nouvelle épouse réclamant des parents de Jeanne le même avantage en nature, ils durent quitter leur nid. Charles aménagea deux pièces, une chambre et une cuisine, avec des plaques d'isorel, dans l'ancienne maison de la Vannerie Jouve. Mais Jeanne ne leur a jamais pardonné. À partir de ce jour-là, le frère et la sœur ne s'adressèrent plus la parole. Et pourtant, ils se croisaient chaque jour puisque leurs cabanes étaient côte à côte sur le chenal. Il fallut la médiation des conjoints de leurs enfants respectifs, qui ne comprenaient pas pourquoi ils s'étaient disputés en premier lieu, pour qu'ils renouent au moment où Charles est tombé malade.

Jeanne et Charles aimaient faire la cuisine ensemble. Ainsi, tandis qu'elle mijotait des petits plats en sauce (blanquette, bœuf bourguignon, etc.), il préparait la pâtisserie. C'est pourquoi, depuis qu'il a quitté ce monde, elle ne mange plus que des fruits en dessert.

Ensuite, il se chargeait de la vaisselle. « *Je n'ai jamais eu le droit d'y toucher* », dit Jeanne en souriant ; « *il disait qu'il adorait la faire mais je n'en crois pas un mot. Je suis sûr qu'il la faisait seulement en hommage à sa mère car il regrettait toujours qu'il y ait autant de casseroles sales !* »

Un autre aspect du comportement de Charles était assez atypique du milieu ostréicole. Ce n'est pas lui qui détenait les cordons de la bourse, mais Jeanne. « *Il n'aimait pas s'occuper des questions d'argent, aller se faire payer chez le courtier* », dit-elle. Charles était très courageux et travailleur mais la gestion des affaires, il la laissait volontiers à sa femme.

La répartition des rôles s'était peut-être également faite ainsi parce qu'il était venu s'installer dans l'univers de Jeanne, dans la maison de ses parents et dans un métier qu'elle connaissait mieux que lui. Quoi qu'il en soit, il avait entièrement confiance en elle et la laissait dépenser l'argent du ménage en toute liberté. Sa confiance était bien placée puisque Jeanne n'était pas dépensière. « *J'aime me faire plaisir*, concède-t-elle, *mais je sais quand je dois m'arrêter* ».

Ils avaient à peine pris l'habitude de vivre en couple que la guerre les sépara. Dix mois après leur mariage, Charles fut mobilisé. En fait, ils avaient failli être séparés dès avant leur mariage. Le 27 septembre 1938, il avait été mobilisé une première fois. Il avait dû rejoindre le 3e régiment d'infanterie coloniale à Rochefort. L'armée avait réquisitionné tous les parkings de la gare de la ville pour accueillir les hommes de la région. Ils y restèrent jusqu'au 1er octobre, le temps que la tension internationale redescende avec la signature des Accords de Munich. Ils furent autorisés à rentrer chez eux. « *Craignant qu'il ne revienne pas de sitôt, j'avais demandé à la couturière d'arrêter la confection de ma robe de mariée* », dit Jeanne. Mais Charles était réapparu et tout était rentré dans l'ordre, au moins pour quelque temps.

Dans l'île d'Oléron, les habitants sentaient bien que le contexte international se détériorait. L'économie avait été fragilisée par la crise de 1929 et des années suivantes. Beaucoup de gens s'étaient retrouvés, comme Charles, au chômage. Même les huîtres se vendaient moins bien. Mais les moyens de communication n'étaient pas ce qu'ils sont aujourd'hui. Il n'y avait ni télévision, ni radio, ni téléphone, ni réseau électronique. Les seules nouvelles nationales qui leur parvenaient se limitaient à une page hebdomadaire dans Le Journal de Marennes ou Le Journal de l'Île d'Oléron, à quelques articles dans La France ou La Petite Gironde. Le lien entre l'actualité et leur vie quotidienne restait très vague.

Pourtant, Charles dut repartir avant la mobilisation générale du 2 septembre 1939. Louis, qui voyait arriver cette nouvelle guerre d'un mauvais œil, essayait tout de même de consoler sa fille comme il le pouvait. « *Tu verras*, lui disait-il, *ce n'est pas la même guerre que celle que j'ai vécue. Maintenant, avec l'aviation, ça ne sera qu'une guerre éclair*». Elle dura en fait plus longtemps que celle de 1914-1918.

Le 24 août 1939, il était affecté dans la 3e compagnie du 3e régiment d'infanterie coloniale, à Rochefort. Il se retrouverait bientôt sur le Front avec des Sénégalais. Il prit le bateau au Château-d'Oléron pour rejoindre son lieu d'affectation. Du Chapus, des autobus attendaient les jeunes gens de l'île pour les emmener soit à Marennes, soit à Rochefort. Au moment de monter dans le véhicule, le chauffeur leur demanda de payer leur voyage jusqu'à Rochefort. «*Nous allons tous nous faire casser la pipe*, lui répondit Charles, *et vous aimeriez que nous vous donnions de l'argent par-dessus le marché. Jamais de la vie!*» Le brave homme appela son patron à la rescousse. Celui-ci accepta finalement de prendre le coût du trajet en charge.

Jeanne l'avait accompagné jusqu'au bateau. Comme ses beaux-parents habitaient à Rochefort, elle vint y passer quelques jours dans l'espoir de le revoir. La ville avait complètement changé avec l'afflux des mobilisés, le transfert des troupes, le passage des véhicules réquisitionnés et la masse de chevaux réunis sur les places publiques. On avait même enlevé les fauteuils des cinémas pour loger les appelés sur des bottes de paille. Jeanne et Charles se retrouvèrent à plusieurs reprises. Le 7 septembre, il lui annonça qu'il partait, le lendemain, pour une destination inconnue.

CHAPITRE 7
Sale guerre !

Charles partit donc en direction de l'est de la France et Jeanne retourna à Ors vivre avec ses parents. Oh, la distance ne les empêcha pas pour autant de communiquer. « *J'avais ma petite lettre tous les jours*, confie Jeanne. *Il ne me parlait jamais de la guerre ni des lieux où il se trouvait. Au contraire, il me parlait de nous, de mes parents, de la vie à la maison* ». Penser à eux lui permettait d'oublier quelques instants le cauchemar de la guerre. Puis un beau matin, elle n'eut plus de nouvelles pendant une dizaine de jours.

Le matin du 10 mai 1940, l'armée allemande était passée à l'offensive en attaquant les troupes françaises retranchées derrière la Meuse[48]. En quelques jours à peine, l'aviation allemande avait bombardé l'armée française. Semant le désordre, la Wehrmacht avait réus-

48. Genêt & Moreau 1983 : 35.

si à ouvrir une brèche à Sedan et à franchir la Meuse. Le 15 mai, le Front était disloqué.

Charles avait quitté son campement de Bouzonville pour aller lui aussi combattre sur le Front. La France venait de perdre sa première bataille. « *La veille de son départ*, raconte Jeanne, *il avait écrit à un cousin sa crainte de se faire tuer pour son anniversaire. Il était né le 16. Le 18, il était enseveli dans une tranchée à Stenay dans la Meuse par un obus largué par un avion* ». Blessé à la cuisse et à la jambe gauche, ainsi qu'au bas des reins, Charles dut sa survie, ce jour-là, aux copains qui le sortirent de son trou.

Lorsqu'elle reçut enfin de ses nouvelles, l'enveloppe portait l'emblème de la Croix-Rouge. Le facteur, qui connaissait l'écriture de Charles, lui dit : « *Ne t'affole pas ma fille, c'est lui qui écrit. Puisque c'est une lettre de la Croix Rouge, il doit être blessé* ». Jeanne, mortifiée, n'osait plus ouvrir l'enveloppe. Le facteur parcourut la missive des yeux et, lui épargnant les détails, lui annonça qu'il avait effectivement été blessé.

Il fut évacué le jour même vers l'hôpital Vertes-Voyes. Le lendemain, il fut rapatrié par train sanitaire sur l'hôpital complémentaire Saint-Joseph à Poitiers. Le train mit quatre jours pour atteindre la Vienne. Les convois étaient constamment bombardés par la Luftwaffe.

« *De temps à autre, le train s'arrêtait dans la campagne pour se camoufler*, poursuit Jeanne, *Charles ne pouvait pas se sauver à cause de sa jambe. Il était obligé de rester sur son brancard* ». Il arriva à Poitiers, pétri de douleurs. Les médecins tentèrent d'extirper les éclats d'acier enfouis dans son corps. Ils lui en enlevèrent un à la cuisse mais ne parvinrent pas à extraire le deuxième, trop profond.

Pendant des années, l'éclat continua de le brûler et de le piquer. Il avait été reconnu invalide à 10 % par la commission de réforme de la Rochelle le 14 juillet 1943. À la fin de sa vie, il l'était à 55 %. Charles souffrit énormément de cette blessure qui l'empêcha de vivre normalement. « *Quand il naviguait sur son bateau*, se souvient Jeanne, *il ne pouvait pas rester debout. Il marchait à quatre pattes. Il était obligé de se cramponner pour rester en équilibre* ». Au fil des années, le corps pansa lui-même sa blessure. Une boule de chair se forma autour de l'éclat d'obus ; ce qui atténua considérablement sa douleur.

Mais en ce mois de mai 1940, Jeanne, sitôt après avoir reçu la nouvelle de sa blessure, prit le chemin de Poitiers. « *Une de mes tantes, qui habitait Rochefort, possédait une voiture*, dit-elle ; *elle me proposa, par télégramme, de me conduire auprès de lui. Je ne me le fis pas dire deux fois* ». Elle arriva à Rochefort et partit avec sa belle-mère et sa tante pour la Vienne. Elle fut la première des épouses de soldats à arriver sur les lieux. Charles et de nombreux autres camarades blessés étaient allongés dans le dortoir d'un collège transformé en hôpital. « *Quand je suis arrivée sur place,* dit-elle, *je fus horrifiée par le sang qui coulait de partout* ». Les soldats, même les plus souffrants, étaient heureux de voir cette jeune femme se déplacer parmi eux. Charles encore plus que les autres. Jeanne était là, auprès de lui, comme elle le serait tout au long de sa vie.

Forte de sa percée sur la Meuse, l'armée allemande s'était ruée sur les départements du nord de la France pour atteindre la côte[49]. Les villes de Cambrai, Arras puis Lille étaient tombées aux mains de l'ennemi. L'armée anglaise s'était repliée sur Dunkerque puis s'était embarquée au plus vite. Prise de court par l'avance rapide de la Wehrmacht, l'armée française tentait de former un nouveau Front le long de la Somme, d'Abbeville jusqu'à Amiens. Mais il ne résista pas plus que le premier à la pression de l'ennemi. Le 7 juin 1940, il craqua et ce fut la déroute de l'armée française.

Paris, menacée, commença à se vider. En ce mois de mai 1940, après les invasions de la

49. Id., 1983 : 36.

Belgique et du Luxembourg, de l'est et du nord de la France, toutes les populations civiles de la France du nord fuyaient vers le sud sous les bombardements. Charles fut à nouveau évacué par train sanitaire, le 6 juin, sur l'hôpital mixte de Châtellerault. Quand les Allemands arrivèrent à leur tour dans la ville, ce fut le sauve qui peut. « *Il se mit sur le bord de la route et fut pris en voiture par des officiers*, raconte Jeanne ; *tant bien que mal, il réussit à gagner l'hôpital complémentaire de Nansouty à Bordeaux* ». Il y resta du 20 juin au 28 juillet. Dans les mêmes conditions d'infortune, il gagna Marseille puis rallia le centre de démobilisation de Montauban, dans le Tarn-et-Garonne, d'où il sortit le 1er août. Il reprit le chemin d'Ors.

Entre-temps, le maréchal Pétain, succédant au chef de l'État Paul Reynaud, avait accepté, le 25 juin, l'armistice qui consacrait la défaite de la France et l'Occupation d'une partie de son territoire par les Allemands. Il avait installé son gouvernement à Vichy. Mais, dès le 18 juin, un jeune général français, sous-secrétaire d'État à la Guerre dans le dernier gouvernement Reynaud, Charles de Gaulle, avait lancé aux Français, sur les ondes de la radio anglaise, un appel à la Résistance, à la poursuite des combats pour reconquérir la liberté de la France.

Le 23 juin 1940, les Allemands gagnèrent la Charente-Maritime. «*Je les revois encore arrivant sur leurs motos et leurs side-cars, fiers comme Artaban*», se souvient Jeanne. À leur arrivée, ils réquisitionnèrent toutes les casernes, les hôtels, les écoles ou les maisons inoccupées pour s'y installer[50]. «*J'avais une voisine qui vivait seule*», dit-elle ; «*elle fut contrainte de vivre dans sa cuisine et sa chambre tandis qu'ils occupaient le premier étage de sa maison*».

Les Allemands firent rapidement comprendre aux Oléronais qui étaient les maîtres de l'île. L'emblème nazi fut hissé sur tous les édifices publics à la place du drapeau tricolore. Les habitants porteurs d'armes à feu durent les déposer à la mairie. La carte d'identité fut rendue obligatoire à partir de dix-huit ans. Il était désormais défendu d'écouter la radio anglaise, de photographier, d'exercer un métier ambulant ou de marcher sur la chaussée.

Les enfants furent évacués sur le continent. «*À quelque temps de là, nous partîmes en vélo, Charles et moi, rendre visite à nos neveux et nièces qui étaient hébergés à Semillac près de Mirambeau, un village sur la route de Bordeaux*».

L'heure allemande fut substituée à l'heure française. Le mark remplaça le franc avec un

50. Id., 1983 : 57.

taux de change de vingt francs pour un. Dans les villes du département, les soldats allemands, profitant de la surévaluation de leur monnaie, se ruèrent dans les magasins, achetant du chocolat, du beurre et des œufs, des pâtisseries et de la charcuterie, ou encore des articles de confection féminine. Pour leur retour en permission, ils se procuraient tout ce qui représentait le bon goût français : bas de soie, chemises et chaussures de qualité.

Le couvre-feu fut instauré. « *Dès la tombée de la nuit, on devait se calfeutrer derrière les volets, les rideaux ou de la peinture opaque et ne plus sortir de chez soi* », poursuit Jeanne. En fait, tout le monde avait peur des bombardements aériens. Les municipalités charentaises se préoccupaient de la sécurité de la population civile. Dans chaque agglomération avait été créé un comité de défense passive. Ses consignes devaient être suivies par tous. Aucune lumière ne devait être visible, la nuit, de la rue. Les voitures avaient le droit de circuler mais à condition que leurs phares fussent recouverts d'un capuchon à fente ou passés au vernis bleu.

La vie quotidienne des Oléronais, comme celle des autres Français en zone occupée, avait considérablement changé, mais les mesures d'interdiction allemandes n'empêchaient pas toute communication entre les habitants. «*Avant la tombée de la nuit, on fréquentait les cafés*», dit Jeanne ; «*on aimait y retrouver nos voisins et nos amis pour discuter mais on se méfiait des collabos*». Après l'entrevue d'Hitler et de Pétain à Montoire, il s'était créé en France un mouvement national de Collaboration qui réunissait principalement des intellectuels franco-allemands. Des groupes s'étaient également formés localement. «*À Ors, où tout le monde se connaissait, on se doutait bien des agissements de certains habitants*, dit Jeanne, *et on évitait de leur parler*». Du reste, pendant cette période, les gens prirent le parti d'en dire le moins possible pour ne pas encourir de danger.

Les dancings ayant été fermés à partir du 20 août, des bals clandestins étaient organisés dans certains restaurants. Jeanne et Charles se rendirent plusieurs fois danser à Vert-Bois ou à Saint-Trojan. « *On partait avec nos vieux vélos manger puis valser jusqu'à l'aube*, se souvient Jeanne. *Un jour, Charles avait décidé de m'en acheter un neuf car mon vieux tacot était vraiment en mauvais état. Un soir, au casino de Saint-Trojan, une patrouille d'Allemands vint réquisitionner tous les vélos. Pas de chance ! Moi qui m'étais mise sur mon trente-et-un*, poursuit-elle, *j'ai failli me casser la figure en essayant de m'enfuir par la fenêtre. J'ai réussi à sauter puis je suis partie en courant à travers la forêt avec mon vélo. Mais ils m'ont rattrapée et c'est de bien mauvais gré que je dus me séparer de mon beau vélo tout neuf. J'avais beau râler, rien n'y fit*», soupire-t-elle.

Depuis l'arrivée des Allemands, la circulation sur les plages avait été interdite. L'île d'Oléron, comme l'île de Ré, étaient des postes avancés de la défense du littoral français. Toute la zone côtière était interdite. «*On ne pouvait plus se rendre sur les parcs à huîtres*», dit-elle. Or, un grand nombre d'habitants du village vivait presque exclusivement de l'ostréiculture. S'ils ne pouvaient plus ni cultiver ni pêcher les huîtres, ils n'auraient plus ni argent ni nourriture. Au bout de quelques mois, les autorités françaises locales réussirent à convaincre les Allemands de laisser les habitants retourner travailler sur leurs parcs. À partir du 20 octobre 1941[51], les résidents eurent de nouveau accès à la côte. Les Allemands leur octroyèrent des laissez-passer et instaurèrent des guérites de contrôle sur les chenaux. Les pêcheurs devaient présenter leurs papiers et signer une feuille à l'aller et au retour. «*Dans l'intervalle, cependant, la plupart de nos huîtres avaient été ensevelies par le sable et elles avaient crevé*, ajoute Jeanne. *Mes parents et moi, on avait tout perdu*».

51. Id., 1983 : 61.

Par la suite, la production et le commerce des huîtres repartirent de plus belle. Cela n'échappa aux habitants de la rive droite de la Seudre qui se tournèrent alors massivement vers l'ostréiculture. « *De ma cabane*, dit Jeanne, *je voyais passer de pleins bateaux d'huîtres, mais je ne savais pas alors qu'il s'en était vendu autant pendant la guerre* ». La nourriture était rare, la viande surtout. À partir de mars 1940, les boucheries furent fermées trois jours par semaine, du lundi au mercredi. Les huîtres remplaçaient la viande et se vendaient bien.

Jeanne, seule et sans un sou, essaya elle aussi de gagner un peu d'argent avec ses coquillages. « *Je m'en allais les vendre à vélo jusqu'à la Perroche et la Cotinière*, raconte-t-elle. *Je n'avais plus de pneus, les roues de mon vélo étaient juste enveloppées de bandes de caoutchouc* ». Elle avançait sur des routes truffées de nids de poule avec, à l'arrière, sa charrette pleine. Il y avait des blockhaus sur son chemin. L'un d'eux, à Vert-Bois, avait été aménagé en bar. « *À chaque fois que je passais devant, je proposais systématiquement mes huîtres aux Allemands*, raconte-t-elle en souriant, *mais ils me répondaient toujours par une horrible grimace* ».

La première année de la guerre, la plupart des Oléronais avaient manqué de vivres. Ils avaient sous-estimé la longueur du conflit. Les commerçants, pas plus que les autres, n'avaient fait de stocks. Dès janvier 1940, des denrées comme le café, l'huile ou le sucre commencèrent à manquer.

Les mesures de rationnement, décrétées par le gouvernement de Vichy, furent mises en application en Charente à partir d'octobre 1940. Pour acheter du pain, du sucre, du café, des pâtes, du riz, du fromage, des matières grasses, du savon ou du lait, il fallait désormais présenter une carte d'alimentation et fournir les tickets de rationnement appropriés[52]. Pour toutes ces denrées, les rations étaient limitées à 350 grammes de pain par jour, 500 grammes de sucre et 100 grammes de savon par mois. Les Charentais avaient également droit à 360 grammes de viande et 50 grammes de fromage par semaine, ainsi qu'à 100 grammes de riz par mois pour les enfants. Chaque semaine, le cours officiel des marchandises était publié par la préfecture du département. La vie était de plus en plus chère.

Jeanne et les siens connurent eux aussi des difficultés d'approvisionnement mais ils prirent les choses en main. « *Puisqu'on avait de la terre, on se mit à cultiver des légumes, à élever un cochon, davantage de poules et de lapins*, explique-t-elle.

---

52. Id., 1983 : 103.

Les bouchers venaient ensuite, clandestinement, tuer les animaux sur place à la ferme. Ainsi, on avait du suif pour faire des frites. Mais, précise-t-elle, *il fallait les manger tout de suite sinon on avait un goût âcre qui restait dans la bouche*».

Un jour qu'ils étaient en train de fabriquer de la cochonnaille dans la cuisine, tous volets fermés, quelqu'un frappa. La mère de Jeanne crut un instant qu'ils avaient été dénoncés. «*Réquisition, réquisition!*», entendirent-ils. Florida demanda à Jeanne de vite camoufler la nourriture sous le lit tandis que son père faisait semblant de ne pas pouvoir ouvrir les volets. «*J'y arrive pas*», leur lançait-il. Lorsqu'il entrouvrit enfin un battant, ils lui dirent simplement: «*Monsieur, charrette*». Ils étaient venus réquisitionner le cheval et l'attelage de Louis pour aller porter des munitions sur la plage d'Ors. Ils y avaient installé un dépôt pour se défendre, le jour venu, contre les Alliés. Louis partit atteler son cheval et sa charrette et les suivit. Il ne les récupéra jamais.

Les marins de l'île prirent aussi l'habitude, pendant cette période-là, d'aller acheter des cochons dans les fermes situées en bordure du littoral vendéen. «*Les bateaux en revenaient les cales pleines*», se souvient Jeanne.

Au début de l'Occupation, l'approvisionnement individuel chez les producteurs était autorisé, à condition que les légumes, les œufs ou les volailles fussent achetés pour la consommation familiale. Mais les difficultés de ravitaillement et surtout le rationnement, qui empêchaient les gens de manger à leur faim, favorisèrent le marché noir. Les Allemands eux-mêmes le pratiquèrent à leur avantage.

Sur ce marché clandestin, les produits étaient vendus deux ou trois fois le prix officiel. Il ne fut donc accessible qu'à ceux qui avaient de l'argent. À partir de 1941, la guerre aux trafiquants fut déclenchée. Les commerçants, qui étaient tenus de se conformer aux prix officiels, ne pouvaient détenir de stocks. Les agents de la police économique commencèrent à faire des perquisitions dans les arrière-boutiques.

Faisant preuve d'une extrême prudence, Jeanne arrivait à trouver certaines denrées au marché noir. «*Avec l'argent de mes parents, j'arrivais, après de longues queues d'attente, à acheter des pâtes ou de l'huile dans une épicerie du Château, dont on connaissait bien les propriétaires*», dit-elle. Certes, les Monard n'arrivaient pas à se procurer de tout mais entre leur production personnelle et l'argent dont ils disposaient, ils furent moins malheureux que beaucoup d'autres.

Dès leur arrivée sur les côtes charentaises, les troupes allemandes avaient installé leurs batteries de campagne, à ciel ouvert, face à la mer. L'armée allemande avait tout simplement placé ses canons dans les positions françaises. Puis, par sa directive du 23 mars 1942[53], Hitler ordonna la construction du *Mur de l'Atlantique*. L'île d'Oléron, comme l'île de Ré, fut concernée par ces mesures prévoyant la mise en chantier de fortifications en béton le long du littoral pour défendre la côte contre tout débarquement allié. Ces constructions devaient être érigées dans la tradition des fortifications de la ligne Maginot en France et de la ligne Siegfried en Allemagne.

L'entreprise allemande Todt fut chargée de l'opération. Elle avait besoin d'un grand renfort de main-d'œuvre. Les autorités allemandes utilisèrent alors tous les moyens de recrutement possibles pour obtenir des travailleurs : détenus du centre pénitentiaire de l'île de Ré, Hollandais, Belges, Tchèques, Nord-Africains. Pour augmenter leurs effectifs, elles réquisitionnèrent, dès 1943, tous les hommes valides du littoral charentais. Ils furent répartis sur la côte, plusieurs jours par mois, pour effectuer les travaux de terrassement. Charles fut du lot.

Au port du Douhet, sur la côte est de l'île, les Allemands établirent une batterie de quatre pièces d'artillerie sous casemate bétonnée. Mais

53. Id., 1983 : 89.

c'est sur la côté ouest, face à l'océan, qu'ils construisirent le plus grand nombre de positions de défense. Avec ses grandes plages, la côte ouest de l'île leur semblait plus propice à un débarquement allié. Celui-ci ne vint, en fait, ni de l'est ni de l'ouest, mais du sud de l'île.

Le 8 novembre 1942, les troupes américaines avaient débarqué en Afrique du Nord. L'armée allemande avait réagi en franchissant la ligne de démarcation et en envahissant la France entière. En 1943, la menace d'un débarquement allié sur le littoral français inquiétant de plus en plus le *Führer*, il prit une autre décision : l'aménagement de la défense des plages. Les conches charentaises se garnirent alors d'obstacles de toute nature : réseaux de barbelés, chevaux de frise et tétraèdres surmontés de pointes en acier. Les Allemands firent également planter aux insulaires les fameuses asperges de Rommel.

« *On devait d'abord couper les pins de la forêt puis les tailler, comme des crayons, avant de les enfoncer dans le sable des plages* », témoigne un cousin de Jeanne ; « *on devait les planter là pour empêcher l'atterrissage des parachutistes. Je peux vous dire qu'on ne mettait guère d'ardeur ni de zèle à l'ouvrage*, poursuit-il. *On creusait des trous peu profonds pour que la prochaine marée défasse plus facilement notre travail* ». En revanche, à la fin de leur journée de travail obligatoire, l'armée allemande les autorisait à récupérer du bois dans la forêt pour se chauffer. « *Maintenant, travail pour Madame* », disaient-ils. Comme par miracle, une énergie soudaine animait alors les troupes.

La Résistance prenait toutes les formes possibles. Les Allemands s'efforçaient de la détruire. Ils maintenaient les gens dans un climat d'oppression et de servitude sous leur joug administratif et policier. Les Français vivaient l'Occupation avec un sentiment d'impuissance et d'avilissement. Comment, alors, ne pas chercher à résister à l'ennemi ? Toute action clandestine contre l'oppresseur nazi représentait un peu de liberté reconquise sur celle perdue en juin 1940. « *Le soir, une fois les volets fermés, on écoutait la radio anglaise*, dit Jeanne, *on faisait attention à ne pas mettre le son de notre petit poste à galène trop fort. Bien sûr, on avait entendu l'appel du Général de Gaulle le 18 juin et depuis le retour de Charles, on n'attendait plus que l'arrivée de la Résistance ou des Alliés* ».

Dès mars 1942, une première équipe de Résistants avait créé une section de renseignements dans l'île d'Oléron afin de reconnaître les positions des champs de mines et des fortifications. Mais la Gestapo, à son arrivée quelques mois plus tard, avait mis fin à ses activités. « *On avait appris leur arrestation*, dit Jeanne, *sans savoir ce qu'ils étaient devenus* ». Pierre Wiehn et Robert Etchebarne furent fusillés à Bordeaux le 11 janvier 1944. Clotaire Perdriaux et Pierre Balluret moururent en camp de concentration.

En septembre 1944, les groupes de Résistance *Castel-Réal* et *Roland* étaient arrivés dans la région de Marennes. Ils se mirent à recruter des Résistants dans la presqu'île d'Arvert et l'île d'Oléron pour former des groupes de corps francs marins. « *On connaissait aussi leur existence*, admet-elle, *mais je voyais mal comment des petits groupes isolés auraient pu faire face à l'armée allemande* ». En octobre et novembre 1944, ils furent intégrés à deux unités des Forces Françaises de l'Intérieur.

Fin 1944, un service de transmissions avait été créé dans l'île grâce à un émetteur-récepteur amené clandestinement. En janvier 1945, un deuxième poste était installé à La Chevalerie pour transmettre des informations au service de renseignements de Marennes. Dans l'île, la Résistance oléronaise avait pour mission de désorganiser les liaisons ennemies et de saboter leurs installations.

Le 22 avril 1945, le général de Larminat dévoilait à Cognac le plan de libération de l'île.

Le débarquement devait avoir lieu le 29 avril au matin, sur la côte ouest. Pour servir d'appui aux opérations des forces terrestres, une flotte de haute mer se tiendrait au large de la côte ouest de l'île d'Oléron. Le croiseur Duquesne et trois torpilleurs effectueraient des tirs d'artillerie de marine sur les défenses ennemies pour les neutraliser. L'aviation pilonnerait les champs de mine et les points fortifiés.

Le 24 avril, deux groupes d'agents, commandés par les capitaines Leclerc et Bouyer étaient munis d'un émetteur-récepteur et envoyés dans l'île pour établir, avec la Résistance oléronaise, les services de renseignements et d'action nécessaires à la désorganisation des forces ennemies.

Le 29 au matin, cependant, une brume à couper au couteau empêcha le lancement de l'*Opération Jupiter*. Il fut décidé de repousser le jour J au lendemain matin mais au sud de l'île cette fois. « *Ce brouillard nous sauva du désastre*, se souvient Jeanne avec émotion. *On était justement venus se réfugier dans une maison de l'Ileau, au bord de la plage où le débarquement aurait dû se produire. La veille au soir, un ami était venu nous en avertir. Autant vous dire que cette nuit-là, on n'a pas fermé l'œil* ». Mais ils avaient survécu.

Jeanne et sa famille avaient fui Ors depuis déjà plusieurs mois. « *Un beau matin, on avait été réveillés par des éclats d'obus qui tapaient contre les volets de la maison*, dit-elle ; *un voisin nous avait avertis que le débarquement aurait lieu dans le sud et conseillé de fuir plus au nord pour être en sécurité*». Jeanne commençait à avoir peur et décida les siens à partir. Ils emportèrent avec eux leurs biens les plus précieux et allèrent d'abord trouver refuge quelque temps chez leurs cousins Monard à Deu sur la commune de Dolus. Robert, le dernier fils d'Augustin, était à la guerre ; Andréa, sa femme, les accueillit chez elle. Mais il n'était pas facile de se ravitailler. « *On revenait donc de temps en temps chez nous récupérer dans la cave quelque chose à manger*, dit-elle. *Mon père avait stocké des pommes de terre et d'autres produits. Grâce à la cousine bouchère du Château-d'Oléron, on arrivait aussi à avoir un peu de viande*».

Un jour où Jeanne était revenue à Ors, elle trouva la *Grande Maison* pleine d'Allemands. Ils avaient installé leurs mitrailleuses sur la terrasse du deuxième étage. C'était un point stratégique d'où ils pouvaient dominer l'ennemi. Mais ils avaient surtout dilapidé tous les vivres que Jeanne et sa famille avaient mis de côté. Jeanne se mit en colère. Quelques soldats étaient là, en train de monter la garde. « *Vous, kaput!*» leur dit-elle, comme pour leur laisser entendre que la Libération était proche. Le commandant arriva et Jeanne reprit de plus belle : « *Vos soldats, pas corrects, tout emporté* ». Celui-ci, qui aurait pu ordonner de la fusiller, répondit simplement : « *Oh non, mes amis, korrects* ».

Jeanne estime que certains soldats allemands étaient effectivement très corrects. Il y en avait un, en particulier, un dénommé Ernest, qui occupait le premier étage de leur maison. Un jour, il dit à Jeanne : « *Vous, habillée comme une femme française* ». Il avait raison. Même en temps de guerre, elle veillait à toujours bien se vêtir. Jeanne sentait bien qu'Ernest et tant d'autres jeunes Allemands subissaient la guerre comme elle et les siens, mais qu'elle les séparerait toujours.

Entre le 14 et le 16 avril, Royan avait été bombardée dans le cadre de l'Opération Vénérable. En trois jours, la *8th Stragegial Air Force* Américaine déversa 3 315 tonnes de bombes sur le périmètre défensif de la ville. « *Je circulai à vélo aux alentours de Vert-Bois lorsque j'aperçus des éclairs et que j'entendis pétarader des bombes sur le continent*, témoigne Jeanne ; *j'étais pétrifiée* ».

Le lendemain, elle circulait encore à vélo quand débuta, à trois ou quatre kilomètres à vol d'oiseau de l'endroit où elle se trouvait, le bombardement de la citadelle du Château-d'Oléron. Avec l'assentiment du Général Juin, le Général de Larminat avait décidé de poursuivre l'*Opération Vénérable* sur le Château pour continuer à affaiblir l'ennemi. La citadelle abritait notamment des canons antiaériens qui tiraient vers l'Est sur les troupes alliées approchant la zone du Front au nord-est de Royan. Il parvint à convaincre le Général Doyle, commandant du 11th Bombard Wing, d'utiliser les groupes de bombardement français une journée de plus sur la Coubre et l'île d'Oléron. À 18 heures, la citadelle était bombardée successivement par 50 Marauder[54]. Quelque 193 bombes explosèrent sur le site.

« *Je les voyais descendre par chapelets*, dit-elle ; *je savais que de nombreux Allemands se cachaient dans la citadelle. J'avais toujours pensé qu'elle serait imprenable et qu'ils y étaient en sécurité* ». En chemin, peu avant Dolus, elle croisa un Allemand en fuite. « *Il errait comme un fou, l'air complètement hébété*, poursuit-elle, *il se promenait en treillis, sans képi. Il ne savait même pas où il allait* ». C'est ce jour-là que Jeanne et les siens avaient décidé de fuir plus au nord.

Quelque temps après la Libération, elle se rendit avec Charles à la citadelle voir ce qui

54. Bazerbes 1985 : 54.

s'était réellement passé. «*Tout était écroulé, saccagé*, dit-elle; il y avait une odeur pestilentielle. Des Allemands avaient été ensevelis dans les souterrains».

L'*Opération Jupiter* eut donc lieu le 30 avril à partir de cinq heures du matin. Pendant que les positions allemandes étaient pilonnées par des milliers d'obus tirés par l'artillerie depuis le continent, les premières vagues d'assaut embarquaient à La Cayenne, la Tremblade et au Galon d'or sur leurs véhicules amphibies. Plus de 2000 combattants seraient bientôt répartis en deux groupements dans l'île. Le groupement ouest, dirigé par le lieutenant-colonel Cézard, avait pour mission de progresser jusqu'à l'isthme des Allassins. Le groupement est, commandé par le lieutenant-colonel Monnet, devait s'emparer de la pointe de Menson et progresser sur Saint-Trojan et le Château-d'Oléron.

Une fois la tête de pont définitivement réalisée, le service sanitaire ainsi que les troupes de réserve pouvaient débarquer à leur tour avec les matériels lourds.

À l'ouest, les soldats progressaient péniblement à travers les dunes, les marais et les sous-bois broussailleux. Ils devaient franchir les champs de mines avec la plus grande précaution. De plus, ils étaient obligés de se protéger des tirs d'artillerie du croiseur Duquesne. Mais ils ne rencontrèrent qu'une faible résistance ennemie.

À l'est, les hommes de Termignon s'emparèrent d'abord des blockhaus de la pointe de Menson, faisant des Allemands prisonniers, avant d'attaquer et de libérer Saint-Trojan. Le bataillon progressait vers la Giraudière quand il fut ralenti par une poche de résistance à la Maison forestière puis, en amont de Grand Village, par un important champ de mines, barrant l'isthme des Allassins.

Sur le flanc droit, la 9e compagnie du lieutenant Courant et les fusiliers marins se retrouvèrent également dans l'impossibilité de franchir le champ de mines sous les tirs ennemis.

Dans l'après-midi, l'aviation lourde vint en renfort. La 11e brigade française de bombardement, venue de l'Est de la France, cracha 355 tonnes de bombes sur l'isthme des Allassins. De leur côté, les Forces Aériennes de l'Atlantique quittèrent Cognac pour venir larguer vingt-quatre tonnes de bombes sur les positions allemandes.

Cela permit aux compagnies de fusiliers-marins de franchir le champ de mines dans la soirée et de dépasser le Grand Village et le Petit Village. Mais à hauteur des Allassins, ils se heurtèrent à nouveau à une résistance très violente. Tandis qu'ils se repliaient sur Grand Village, une compagnie était dépêchée en renfort, au cas où l'ennemi tenterait une percée.

Pendant ce temps, le 158e régiment d'Infanterie traversait les salines d'Ors avant de se diriger vers Dolus. Il rencontra une faible résistance à La Vezouzière. Un peloton de six chenillettes du 18e régiment de Chasseurs partit en mission de reconnaissance des troupes allemandes qui tenaient la pointe d'Ors et le Château-d'Oléron. Il se porta ensuite sur Dolus et poursuivit son avancée vers Saint-Pierre où était établi le poste de commandement de l'armée ennemie. Aux abords de la ville, à l'entrée de La Dresserie, une forte position allemande, équipée de mitrailleuses et de pièces d'artillerie, l'empêcha d'avancer. Il dut se replier vers Dolus.

La nuit suivante, un nouveau débarquement commença à se préparer. Une flottille d'embarcations locales quitta Le Chapus pour La Perrotine. Le commando Fournier, composé de 207 volontaires des Corps Francs Marins, aborda l'île vers une heure du matin. Il avança ensuite à l'intérieur des terres vers Arceau et les Allards.

Dans la journée, toutes les unités progressèrent vers le nord de l'île. Partout, la résistance ennemie s'affaiblissait. Vers 14 heures, Saint-

Pierre était prise. Les derniers points de résistance, aux Saumonards et à Boyardville, capitulèrent vers 22 heures.

Quelques 8 882 combattants français avaient été engagés dans l'Opération Jupiter. Côté alliés, 18 soldats avaient été tués, 55 autres blessés. Côté allemand, sur 1 700 hommes, une cinquantaine avaient été tués, 60 autres blessés. Six civils avaient aussi été abattus.

Pendant ces deux jours, Jeanne et les siens étaient restés cloîtrés dans la maison de l'Ileau. « *On entendait tirer de partout*, se rappelle-t-elle, *on était mortifiés. Puis tout cessa* ».

Le jour de la Libération, ils se rendirent, comme tous les Oléronais, à Saint-Pierre. Là, ils virent défiler les troupes victorieuses. Ils partageaient la liesse de leurs concitoyens. Enfin, ils se voyaient libres. Ils avaient eu la chance qu'aucun des leurs ne laissât sa vie au combat. Parmi leurs cousins, frères, ou beaux-frères, certains avaient été blessés mais tous étaient encore de ce monde.

Aussitôt la Libération, chacun repartit vivre chez soi. Les *collabos* avaient été fusillés. La vie reprit son cours, normalement ou presque. Car, comment oublier la douleur et les souvenirs ? Pendant cinq ans, ils avaient vécu sous la menace permanente des bombardements ou des représailles nazies. Ils avaient eu peur. Après le Débarquement en Normandie, en 1944, les SS étaient venus renforcer la garnison allemande dans l'île. Le Major Schaeffer y faisait régner la terreur. À plusieurs reprises, à partir d'octobre 1944, les hommes valides furent arrêtés, menacés puis relâchés. On les enfermait dans une salle pour vérification d'identité pendant que les soldats pillaient les maisons[55]. « *Lors de l'une de ces rafles, mon père, qui avait alors une soixantaine d'années, avait été emmené avec les autres* », se souvient Jeanne. Les habitants ignoraient la cause d'une telle décision et se demandaient ce qu'ils allaient faire d'eux. Allaient-ils les supprimer ? Les expulser de l'île ? « *J'ai eu peur de ne jamais revoir mon père*, confie-t-elle ; *dans l'île, il n'y avait aucun moyen de se sauver* ». Cette fois-là, ils furent tous relâchés.

Les gens se remirent au travail. Pendant toute la durée de la guerre, ils avaient vécu dans l'incertitude du lendemain. « *On s'était efforcés de survivre, sans plus*, dit-elle ; *on avait entretenu tant bien que mal nos parcs à huîtres et aidé nos parents avec les leurs* ». Jeanne avait réussi à gagner un peu d'argent en vendant sa production, soit par elle-même, soit aux expéditeurs de La Tremblade. Maintenant que la paix était là, ils

55. Morris 1974 : 4-18.

allaient pouvoir construire leur vie professionnelle. La guerre, ils ne songeaient qu'à l'oublier. Ce qu'ils voulaient, c'était vivre.

Mais aujourd'hui, Jeanne éprouve encore de la colère pour le régime nazi qui transforma à jamais son existence. Pour Charles, comme pour beaucoup d'autres jeunes gens blessés au combat, la guerre ne s'arrêta pas au 8 mai 1945. Il continua de la porter dans sa chair et d'en souffrir jusqu'à la fin de ses jours. C'était un venin qui ne cessa d'empoisonner sa vie et celle de sa famille. Elle amputa la destinée des uns et des autres sur deux générations au moins. Car si Charles n'était pas tombé malade des suites de ses blessures, Michel aurait vraisemblablement poursuivi un autre chemin. La guerre les avait laissés du côté des victimes et non des héros.

CHAPITRE 8
L'Eldorado

Après leur mariage, Jeanne et Charles avaient décidé de se lancer à leur compte dans l'ostréiculture. Un ami de la famille, qui habitait la Tremblade, leur prêta des parcs. Lorsque Marcel apprit leur décision de s'installer, il devint vert de jalousie. Traditionnellement, dans le milieu ostréicole, le chef de famille transmettait son exploitation à un fils. Ainsi, était-il sûr de voir son nom perdurer. Marcel s'attendait à hériter de son père. Il avait déjà essayé d'éloigner sa sœur de l'entreprise familiale avant son mariage. « *Il aurait aimé me voir épouser le jeune militaire avec qui je correspondis un temps*, dit Jeanne ; *il aurait été sûr alors de me voir quitter la région* ». Il était fou de rage à l'idée de devoir partager le patrimoine familial avec elle. « *Tu ne te rends pas compte*, lui dit-il, *j'ai quatre gosses à nourrir !* » Pour la décourager, il jetait des étoiles de mer – très friandes d'huîtres – sur ses parcs ou arrachait les balises à l'angle de ceux-ci.

Jeanne et Charles avaient acquis leur premier parc avant la guerre. Un cousin les avait informés qu'une femme de Saint-Trojan voulait vendre son vivier. « *Ce fut notre premier investissement foncier* », dit Jeanne. Pendant la guerre, ils réussiraient à acheter deux autres parcs, à la Mortagne, au Château-d'Oléron. Dès ces années-là, la concurrence pour leur acquisition était vive. « *J'avais obtenu la priorité parce que je connaissais bien le propriétaire*, dit Jeanne, *mais il me fit payer le prix fort* ».

En avril 1941, Louis et Florida décidèrent de transmettre tous leurs biens à leurs enfants. Ils n'avaient que cinquante-huit et cinquante-cinq ans respectivement, et Jean était encore mineur. Ils auraient pu les garder plus longtemps mais Louis voulait profiter d'une diminution des frais de succession résultant d'un changement de la loi. Jusque-là, les gens avaient souvent dû vendre une partie de leur héritage pour les payer. Ils partagèrent donc leurs possessions en trois lots équitables : chacun de leurs enfants obtint un tiers des terres et des vignes, des anciens marais salants, des claires, des parcs, et une maison. Marcel resta dans celle du Fief de Pairpouil. Comme il était déjà inscrit maritime et embarqué sur le bateau de son père depuis des années, il hérita également de celui-ci. Jeanne, à regret, obtint la maison de l'ancienne Vannerie Jouve. Elle aurait préféré avoir la *Grande Maison* mais celle-ci revint à son frère cadet qui vivait encore avec ses parents. Celui-ci obtint également la cabane de son père sur le chenal d'Ors. En compensation, Jeanne eut des terres de meilleure qualité.

En contrepartie, les héritiers devraient verser une pension à leurs parents. Chacun aurait à payer un tiers du pain, à fournir une barrique de vin blanc et de rouge de bonne qualité, un stère de chêne ou deux stères de pin en bois de chauffage, cinquante fagots et cinquante trousses de vigne, mille francs en argent, ainsi que sa part de soins tant en santé qu'en maladie. Au décès du premier des parents, le vin serait réduit d'un tiers et l'argent de moitié. L'acte précisait qu'en cas de non-exécution de ces conditions, les donateurs pourraient reprendre la jouissance de leur lot.

Louis conserva une partie de ses parcs, ainsi que la Marine l'y autorisait, et continua à les cultiver jusqu'à près de soixante-dix ans. À ce moment-là, seuls les inscrits maritimes avaient droit à une pension de retraite. Louis n'avait pu bénéficier du statut de marin parce qu'il était agriculteur à l'origine. Il ne touchait qu'une pension d'invalidité de la guerre de 1914-1918. C'est pourquoi il dut continuer à travailler. « *Il ne cultivait plus les huîtres sur une grande échelle*, souligne Jeanne, *mais juste assez pour compléter ses revenus et nous aider à nous lancer* ». Jeanne et Charles n'avaient pas encore une exploitation suffisamment solide pour en vivre. « *On travaillait ensemble et on s'arrangeait entre nous* », poursuit-elle.

Dès 1939, ils avaient réussi à acheter une concession pour construire une cabane en bordure du chenal d'Ors, juste à côté du terrain sur lequel Louis avait fait élever la sienne. Plus tard, Jean abattit l'ancien atelier en bois de son père pour le reconstruire en parpaings.

Charles le menuisier construisit lui-même sa cabane : une pièce de six mètres par quatre, élevée sur pilotis, avec un sol en terre battue, des murs de planches recouverts de coaltar, des fenêtres sur toute la largeur des murs, et un toit de tuiles mécaniques rouges. C'est là où Jeanne et ses enfants continuent de travailler aujourd'hui. « *Hormis la période de la guerre*, dit-elle, *je n'y ai passé que des heures heureuses. Dès que j'arrive, je chante et tout va bien* ».

Pour aller travailler sur les parcs en mer, il fallait un bateau. Et pour naviguer en mer à plus d'un mille et demi du lieu de mouillage de son navire, il fallait avoir le statut de marin. Au départ, Charles ne possédait pas de bateau. Il fut *embarqué* sur le rôle d'équipage d'un voisin : le patron du *Une idée*. « *Il lui avait proposé de le prendre à bord comme matelot, à condition qu'il paie ses cotisations sociales à l'Enim*[56] », dit Jeanne.

Elle ne pouvait prétendre, quant à elle, ni à devenir marin ni à bénéficier du régime social qui lui est lié. Ce n'était pas Charles qui l'en empêchait. Bien au contraire, il incita toujours son épouse à s'émanciper. C'est lui, notamment, qui la poussa à apprendre à conduire. « *Les routes ne seront pas assez larges* », lui disait Jeanne. « *Avec ton permis, tu pourras aller conduire Michel au lycée* », essayait de la convaincre Charles. « *Je n'en suis pas capable* », lui rétorquait-elle. « *Je ne passerai pas la péniche, je tomberai à l'eau* ».

Avec le soutien de son mari, Jeanne décrocha son permis au deuxième examen. Elle n'eut, en revanche, jamais le statut de marin. À cela, Charles ne pouvait rien. Ce qui était en jeu, c'était la loi.

Jusqu'en 1963, en effet, le statut de marin resta lié à l'*inscription maritime* établie par une ordonnance de 1673. Celle-ci prévoyait notamment que tout inscrit maritime devait obligatoirement accomplir une période d'instruction

56. Établissement national des Invalides de la Marine.

militaire et pouvait être réquisitionné en temps de guerre.

Au siècle dernier, l'inscription maritime avait été fortement encouragée sous le règne de Napoléon III qui cherchait à gonfler les effectifs de sa flotte de guerre dans la région, pour faire face aux Anglais. Cela avait même été l'une des raisons qui le poussèrent à développer l'ostréiculture à une échelle industrielle. Après lui, cette politique devait être poursuivie par un décret de 1873 qui rendait les concessions maritimes gratuites pour les inscrits maritimes. Pour échapper à la redevance, de nombreux sauniers et pêcheurs s'inscriraient auprès de la Marine, au risque d'être réquisitionnés dans la *Royale* en temps de guerre. Plus tard, au XXe siècle, la politique d'attribution des concessions ostréicoles favoriserait longtemps les inscrits maritimes.

Mais tant que le statut de marin exigerait des hommes une période de service actif dans la Marine, les femmes en seraient exclues. Comme la plupart des ostréicultrices, Jeanne vécut toujours mal cette injustice et s'insurgea contre elle toute sa vie professionnelle. Les ostréicultrices obtinrent l'égalité des droits à partir du 28 janvier 1963. Grâce à l'initiative de Sonia de Borodaewski, le député maire de Cozes, M. Lacaze, fit voter un décret qui substituait le terme de marin de la marine marchande à celui d'inscrit maritime, ouvrant du même coup tous les métiers de la mer aux femmes. « Les pouvoirs publics ont fini par comprendre, à juste raison, qu'une femme travaillant dans l'ostréiculture avec son mari, avait droit à un statut et aux mêmes avantages sociaux que lui », pense Jeanne.

Elle avait alors quarante-quatre ans quand le texte fut voté. « *Pour moi, les jeux étaient déjà faits*, dit-elle ; *mais pour de nombreuses ostréicultrices, l'égalité des droits était à portée de main* ».

Sans argent pour s'acheter un bateau à moteur, Jeanne et Charles débutèrent avec une lasse, *La JMC* (pour Jeanne Michel Charles), avec laquelle ils naviguaient à la voile. Le bateau à fond plat était doté d'une dérive que Charles avait faite construire et qu'il avait modifiée.

Les premières années, ils partaient toujours ensemble en mer. D'abord, parce que, aucun enfant ne retenant Jeanne à quai, ils pouvaient travailler tous les deux. Ensuite, parce que Charles ne savait pas naviguer. C'est elle qui, progressivement, lui apprit à reconnaître les vents, les courants, à hisser ou baisser la voile, à reconnaître les balises délimitant leurs parcs, à se poser ici ou là avant que la marée ne soit complètement descendue. Enfin, Charles restait handicapé par sa blessure de guerre et Jeanne aurait eu peur de le laisser partir seul en bateau.

Naviguer avec une lasse n'était pas toujours facile. Jeanne se souvient d'avoir bien souvent essuyé du mauvais temps. « *Quand il ventait trop*, raconte-t-elle, *l'eau passait par-dessus bord. On était obligés d'écoper. Un jour, on a même dû jeter les huîtres à la mer pour ne pas couler. À vingt-et-un ans, faites-moi confiance, ce n'est pas agréable du tout* ».

Peu avant la fin de la guerre, ils avaient remplacé la lasse par un bateau en forme de baignoire, le *Marie-Louise*. Charles, le menuisier, avait eu l'idée d'acheter des bateaux d'occasion qu'il pourrait transformer. Il avait payé celui-ci 6 000 F. Il le modifia pour l'équiper d'un moteur. « *On l'amarrait entre la cabane de mon père et la nôtre*, raconte Jeanne ; *et un jour, un obus tomba juste dessus* ». Il aurait pu exploser sur l'une des deux cabanes. Le hasard n'avait pas si mal fait les choses.

Ils en rachetèrent un autre un peu plus grand après la Libération : le *Gaby*. Mais selon Jeanne, ces bateaux baignoire n'étaient guère pratiques : « *la cale formait une cuvette d'un mètre de hauteur et les mannes étaient difficiles à en retirer* ».

En 1950, ils feraient l'acquisition d'un nouveau bateau : *Le Troubadour*. C'était le premier à être doté d'une cabine pour se protéger des intempéries et d'une plate-forme facilitant le maniement des mannes. « *Ça m'a énormément soulagée* », dit Jeanne. Il était aussi beaucoup plus rapide et puissant. En 1968, ils l'équipèrent d'un moteur BMW à gasoil, qu'ils avaient payé 25 000 francs.

Les trois ou quatre premières années suivant la guerre, ils avaient essayé de cultiver des plates en même temps que des portugaises. « *Il y avait un regain d'intérêt pour la plate dans le bassin en raison d'une hausse de la demande* », explique Jeanne. La collecte du naissain d'huîtres indigènes n'était plus pratiquée que dans le Morbihan et à Arcachon. Une volonté nationale se faisait jour de relancer les essais de captage et de reconstituer les bancs naturels de la Manche à l'étang de Thau.

Jeanne et Charles avaient, à *la Casse Dufour*, un terrain approprié pour la plate. « *On fit venir des petites huîtres de Bretagne*, dit-elle ; *on les gardait un an sur le parc sans y toucher. Mais on s'aperçut bien vite qu'il n'y avait pas un sou à gagner avec cette espèce* ». Avec la pénurie, le prix du naissain était très élevé. Ils vendaient ensuite leurs huîtres à un courtier qui prenait sa commission. Enfin, l'expéditeur ne les payait qu'un an plus tard en invoquant toujours un prétexte pour ne pas s'acquitter du prix fixé au départ. « *Il disait que les huîtres n'étaient pas assez grosses, que le numéro ne correspondait pas à la commande ; il y avait toujours quelque chose qui n'allait pas*, dit-elle. *Pour gagner de l'argent, il aurait fallu pouvoir les vendre directement* ».

Ils s'en remirent donc exclusivement à la portugaise. Au départ, ils achetaient les petites huîtres pour ensemencer leurs parcs. Mais Jeanne entreprit bientôt de faire son propre captage avec des tuiles que son père lui avait prêtées.

Depuis la fin de la guerre, les Oléronais s'étaient pratiquement tous mis à produire du captage sur la côte est de l'île. Dans les nouveaux bassins d'élevage français (baie de Bourgneuf, Noirmoutier, Bretagne), l'huître portugaise ne parvenait pas à se reproduire en raison de la température trop froide de l'eau. Les ostréiculteurs de ces bassins s'approvisionnaient donc en petites huîtres à Arcachon et à Marennes-Oléron. Cette nouvelle demande s'était traduite par une envolée des prix du naissain. Elle obligeait les éleveurs de Marennes-Oléron à développer leur propre production, quitte à en vendre une partie à l'extérieur.

« *J'avais installé mes tuiles en croix sur le sol, en rangées bien régulières*, dit-elle, *je les laissais trente mois sur le parc. Je posais aussi des roches à même le sol*».

Plus tard, ils utiliseraient successivement des colliers de coquilles d'huîtres ou de coquilles saint-jacques, de la ferraille et des pieux d'ardoise, avant d'en venir aux tubes plastiques. «*C'est le collecteur idéal*», assure Jeanne. Ces espèces de tuyaux, d'environ un mètre de long, sont plus légers et maniables que la ferraille ou les pieux d'ardoise, et plus simples d'utilisation que les colliers de coquilles que les femmes devaient enfiler à la main. Ils sont aussi plus efficaces, car les larves d'huîtres se fixent bien dessus.

Ils avaient également essayé de se lancer dans l'expédition. L'attitude des expéditeurs pendant la guerre avait poussé de nombreux éleveurs à écouler eux-mêmes leur production. «*Mais cela demandait un investissement en temps et en matériel qui n'était pas rentable*, dit Jeanne. *Il fallait expédier les huîtres dans des paniers d'osier sur un lit de fougères. Il aurait fallu aller les couper en forêt, acheter des paniers. Il aurait également fallu acheter un camion, un laveur pour pouvoir vendre des huîtres d'une propreté irréprochable. Enfin, on aurait dû passer trois à quatre jours sur les routes, et non à cultiver nos parcs ou à se retrouver en famille. Ça n'était pas valable*», conclut-elle.

En outre, la situation économique se retourna rapidement en faveur des éleveurs. En 1948, la baisse des prix les avait mis en grande difficulté. Or, à partir de 1950, les prix recommencèrent à flamber à l'élevage. La demande en huîtres n'avait pas cessé d'augmenter depuis 1946. « *On laissa tomber l'expédition et on reprit à vendre au courtier*, dit Jeanne, *mais on travailla toujours avec plusieurs ; d'une part pour éviter les risques et, d'autre part, pour entretenir de bonnes relations avec les uns et les autres. On connaissait tout le monde*, dit-elle ; *il fallait satisfaire tout le monde* ».

En fait, Jeanne et Charles décidèrent de miser sur l'élargissement de leur exploitation. « *On a mis près de vingt ans à la constituer* », assure-t-elle. La situation de l'ostréiculture marennoléronaise était devenue cahotique depuis les années 1930. Le bassin était sorti considérablement appauvri, sur le plan biologique, des années de guerre.

Nous savons peu de chose sur cette période sinon que, les huîtres restant libres à la consommation, il se vendit par tous les moyens tout ce qui se pouvait produire. Dès 1944, les dirigeants syndicaux appelaient, dans les colonnes de *La République de Marennes*, à une moralisation des transactions commerciales. Par ailleurs, ils annonçaient qu'il ne restait plus de grosses huîtres qu'à Port des Barques. Ce qui est assez symptomatique d'un état de déséquilibre du milieu marin.

En 1951, le biologiste Gilbert Ranson – que Jeanne connaissait bien parce que son père habitait le village voisin de La Chevalerie – mettait les ostréiculteurs en garde contre les dangers encourus par leur bassin. Pour profiter de la hausse de la demande à partir de 1946, ils n'avaient pas hésité à vendre plus que leurs huîtres de taille marchande. Ce qui les avait obligés à surcharger leurs parcs, pour compenser le manque de stocks. Par ailleurs, de plus en plus de parcs étaient consacrés non plus à l'élevage mais au captage. M. Ranson protestait en particulier contre l'installation massive des collecteurs sur la côte est de l'île d'Oléron. Le rivage de l'île se prêtant peu à cette activité, l'évolution lui paraissait néfaste pour l'avenir.

Les éleveurs allaient perdre, petit à petit, un à deux ans de leur cycle de production. Entre 1896 et 1925, il fallait, dans le bassin de Marennes-Oléron, deux ans seulement pour obtenir une portugaise commercialisable. De 1925 à 1945, le cycle d'élevage était passé à trois ans. Puis, de 1945 à 1960, à quatre voire cinq ans. «*Au début des années 1960, il fallait entre cinq et six ans pour obtenir une huître de taille marchande*, dit Jeanne, *cela entraînait une augmentation de nos frais généraux* ». Pour compenser, ils étaient eux aussi tentés non seulement de surcharger leurs parcs pour intensifier leur production, mais aussi d'acquérir de nouveaux terrains.

La course aux concessions avait commencé à faire rage après la guerre. Le bassin avait atteint la saturation. Des fils d'ostréiculteurs charentais étaient partis s'installer en baie de Bourgneuf parce qu'ils ne pouvaient pas se procurer de terrains localement. À partir de 1954, la demande commença à se faire particulièrement aiguë. L'administration des Affaires Maritimes accorda certes de nouvelles concessions sur les bancs de Lamouroux et d'Ade en 1957, et sur ceux de Dagnas, Charret, Martin, Perquis et Ronce en 1958. « *La Marine offrit ces bas-fonds gratuitement pour trois ans à ceux qui s'engageaient à expérimenter le surélevé* », dit Jeanne.

La technique consistait à placer des huîtres dans des casiers en bois de 1,80 à 2 mètres de long sur des tables métalliques à une cinquantaine de centimètres au-dessus du sol. Ils pouvaient contenir jusqu'à 40 kg d'huîtres chacun. « *Dans le bassin, cette technique a commencé à se développer à partir de 1956*, poursuit-elle. *Naturellement nous faisions partie des premiers à faire des essais sur les parcs de la Tour Julliard ou de Lamouroux*». Ils furent autorisés à poser leurs premiers casiers le 25 juin 1963. «*Pendant plusieurs semaines*, raconte Jeanne, *Charles s'était levé à trois heures du matin pour construire ces espèces de caisses en bois recouvertes de toile qui permettaient de protéger les huîtres des prédateurs*».

Efficaces, elles n'étaient cependant pas faciles à manipuler. Sur ces terrains vierges, les huîtres poussaient très vite. Elles devaient être retournées assez souvent. «*Attention!* fait Jeanne, *il fallait être au moins deux pour les embarquer sur le bateau, les transporter et les retourner, péniblement, à la force du poignet*». Heureusement, leurs efforts furent récompensés par la production d'huîtres d'excellente qualité, qui rivalisaient largement avec les *spéciales* de claires. Du reste, les casiers furent bientôt remplacés, d'abord par d'autres plus étroits divisés en compartiments, puis par des poches en plastique.

C'est un agent commercial de la société Nortène, Henri Lemoine, qui en eut l'idée. Il imagina de mettre les coquillages dans des sacs en maillage plastique, pour éviter les pertes d'huîtres dues au mauvais temps et aux prédateurs. Il réalisa des premiers essais avec le directeur du laboratoire ISTPM d'Arcachon en 1963. Les deux hommes s'étaient vite aperçus qu'en posant les poches à même le sol, elles avaient tendance à s'envaser. Ils décidèrent donc de les placer sur des *tables* de fers à béton, qu'ils utilisaient déjà pour poser les collecteurs.

Dans le bassin de Marennes-Oléron, leur utilisation perdure depuis 1966. « *On les tourne à peu près tous les mois*, explique Jeanne. *Quand les huîtres ont beaucoup poussé, elles sont lourdes, la manipulation est difficile à faire*, poursuit-elle ; *et puis, il y a du limon dessus, ce qui n'arrange rien. Mais il y a beaucoup moins de pertes parce que les huîtres sont mieux aérées et protégées de prédateurs comme les étoiles de mer. Ça a été une innovation du tonnerre* ! » estime-t-elle.

L'aménagement de concessions sur des terrains jusque-là inexploités ne suffit pas cependant pas à répondre aux besoins des ostréiculteurs. Le nombre des concessionnaires de parcs était en constante augmentation. Depuis le décret de 1915, toute personne s'engageant à cultiver personnellement une concession pouvait y prétendre. « *Beaucoup de professions libérales, d'agriculteurs ou de pêcheurs s'étaient lancées dans la production*, explique Jeanne ; *il y en avait qui faisaient cela uniquement pour leur plaisir tandis que d'autres, comme nous, voulaient en faire leur métier* ».

En 1962, le nombre des concessionnaires atteindrait un pic de 7 347. Cette multiplication, avec les successions, avait entraîné un morcellement des parcs. Cela empêchait les vrais professionnels de moderniser leurs méthodes de culture pour faire face à la concurrence de leurs collègues des autres bassins qui disposaient de surfaces beaucoup plus importantes et produisaient à bien meilleur marché.

Jeanne et Charles faisaient partie de ces jeunes ostréiculteurs qui avaient besoin de parcs. « *Pour survivre, on devait impérativement agrandir notre exploitation* », dit-elle. Jeanne, qui savait ce qu'elle voulait, se rendait très régulièrement aux Affaires Maritimes à Marennes pour voir si de nouvelles concessions n'étaient pas à l'affichage. « *Mais vous voulez acheter toute la côte !* » lui répondait-on à chaque fois.

Les acheteurs furent contraints à verser des dessous-de-table, comme cela avait déjà été le cas pendant la crise des années 1880 à 1920. « *On a bien été obligés de faire comme les copains*, dit Jeanne ; *on a nous aussi dû payer le prix fort pour avoir des viviers* ». Chaque année, jusqu'en 1959, ils réinvestirent une grande partie de leurs bénéfices pour acheter du foncier ou du matériel. À la fin de chaque campagne, Jeanne, qui tenait les comptes, demandait systématiquement à son époux : « *qu'est-ce qu'on va mettre à l'eau cette année* ? »

Leur seul autre investissement, ces années-là, fut l'achat de matériaux pour la restauration de la maison de l'ancienne Vannerie Jouve. Charles, qui refusa toujours d'avoir recours à l'emprunt bancaire, la construisit pièce par pièce, au fil de leurs économies. Pendant des années, il fit preuve d'une abnégation et d'un courage exemplaires. « Il ne s'écoutait jamais et travaillait d'arrache-pied, avoue Jeanne. Il se levait avant l'aurore pour travailler à la maison, et passait ensuite sa journée sur les parcs ».

Jeanne, de son côté, n'était pas plus exigeante. Ils n'eurent leur première voiture de tourisme que vingt-cinq ans après leur mariage, en 1963. « *Une 4L Renault, dit-elle, et encore, pas une neuve ; un tas de rouille* » !

Ils avaient pu investir, pendant toutes ces années, parce que, malgré la détérioration de la production d'huîtres dans le bassin, les éleveurs gagnaient encore bien leur vie. La demande continuait d'être supérieure à l'offre et ce, en dépit du développement des nouveaux bassins de production. La consommation nationale d'huîtres avait atteint 75 000 tonnes en 1956.

À partir de 1958, cependant, Marennes-Oléron sombra progressivement dans une crise grave. Cette année-là, la France elle-même s'enfonça dans la récession. Les ventes d'huîtres à la consommation baissèrent de 15 à 20 %. Les éleveurs essayèrent encore une fois de compenser le manque à gagner, d'abord en vendant plus, puis en surchargeant les parcs. Mais l'effort était au-dessus des forces du bassin. « *Les huîtres ne poussaient plus sur la côte oléronaise*, dit Jeanne ; *elles étaient maigres, chambrées. Le captage était faible. Il n'y avait plus de grosses* ».

On ne comptait en effet plus que 10 % de grosses huîtres dans tout le bassin. Le reste était composé à 60 % de petites et à 30 % de ce qu'on appelait des boudeuses ou encore des marrons. « *Avec le ralentissement de la pousse, les huîtres avaient tendance à être de plus en plus petites, de moins en moins charnues* », dit-elle. On assista ainsi à l'accumulation de plusieurs générations d'huîtres lentes à pousser. Naines, en état de dénutrition, invendables, elles encombraient les parcs et engendraient une descendance d'huîtres chétives.

À cela vinrent s'ajouter de mauvaises années climatiques. « *Plusieurs années de suite, on a eu des tempêtes, juste avant la commercialisation*, ajoute-t-elle. *L'hiver 1962-1963, c'est le gel qui causa de grands dégâts aux claires et aux établissements* ». Cela accentua encore la pénurie d'huîtres et leur cherté. Lors de la saison 1961-1962, les prix à l'élevage augmentèrent encore de 20 à 25 %.

Les consommateurs se tournèrent alors vers les huîtres les plus petites, les numéros 5 et 6[57], voire 7 tant leur prix était élevé.

Dans le bassin, les difficultés économiques rencontrées par la profession provoquèrent des tensions au sein des différents groupes sociaux qui la composaient. En 1962, ces conflits allèrent jusqu'à la scission du syndicat ostréicole du Château-d'Oléron d'avec le reste de l'organisation professionnelle. Les ostréiculteurs de l'île d'Oléron étaient en grande majorité des éleveurs, ceux de Marennes et de La Tremblade des expéditeurs. En 1965, ils relancèrent la foire ostréicole du Château-d'Oléron et fêtèrent le centenaire de l'ostréiculture. Sur le continent, on appelait à l'union de la profession…

La crise n'avait pas les mêmes effets pour les éleveurs et les expéditeurs. Cette fois-ci, la conjoncture économique était favorable aux premiers. Les huîtres manquaient, du naissain aux coquillages de taille marchande. Ainsi, quelle que soit la qualité de leur production, les éleveurs n'avaient aucun mal à l'écouler à un prix élevé. C'est pourquoi ils appelèrent cette période l'Eldorado.

---

57. Les huîtres de taille marchande étaient classées des plus grosses aux plus petites par des numéros allant de 1 à 6.

Les riverains étaient donc nombreux à vouloir profiter de cette manne céleste, à se battre pour obtenir des parcs. La production augmentait en proportion avec le nombre de parcs. De 1948 à 1957, elle atteint en moyenne 48 000 tonnes par an, avec un pic de 52 000 tonnes la dernière année. De 1957 à 1967, on continua à élever autant d'huîtres dans le bassin mais leur qualité se détériorant, la production commercialisable chuta de 50 %.

Il y avait incontestablement trop d'éleveurs dans le bassin. L'administration des Affaires Maritimes dénonça la spéculation sur les concessions et l'anarchie qui régnait à Marennes-Oléron. En 1965, le plan Macé, dont l'application resta illégale jusqu'au décret de 1983, tenta de remédier à cet état de fait en supprimant l'octroi de concessions aux conchyliculteurs du dimanche. Un exploitant devait désormais acquérir une superficie minimale de 70 ares pour vivre, avec sa famille, dans de bonnes conditions. Il avait cinq ans pour se procurer la superficie considérée comme viable.

Le plan n'eut pas que des effets positifs. La spéculation se renforça. L'obligation d'atteindre la superficie minimale incita de nombreux ostréiculteurs âgés, sans successeur direct, à céder leurs parcelles au plus offrant, au détriment des jeunes. « *Des ostréiculteurs ont vendu des terrains dont ils avaient hérité ou qui leur avaient été concédés gratuitement par la Marine, au prix exorbitant de 3 000 à 5 000 francs l'are*, raconte Jeanne ; *certains s'en mirent plein les poches mais ça ne dura pas longtemps*, ajoute-t-elle. *Qui pouvait acheter* » ?

Une rationalisation du bassin d'élevage apparaissait de plus en plus nécessaire. Dès 1951, Gilbert Ranson avait proposé un plan pour remédier à la crise. Il ne fut, bien sûr, pas entendu. À l'époque, les ostréiculteurs étaient hostiles à tout dirigisme, toute tentative de gestion collective. De plus, il n'y avait aucun organisme de recherche installé sur le terrain, capable de les orienter et de les soutenir. La demande des ostréiculteurs pour un appui scientifique ne viendrait qu'avec des jours plus sombres.

La situation des expéditeurs était tout autre. Ils étaient pris dans un étau entre les éleveurs et les grossistes. D'un côté, ils étaient obligés d'acheter plus cher à l'élevage, de l'autre les grossistes refusaient de répercuter cette hausse à l'expédition, invoquant la nécessité de soutenir le gouvernement dans son effort de stabilisation des prix face à la chute du franc. En fait, les huîtres de Marennes-Oléron se trouvaient en concurrence avec celles des nouveaux bassins, qui étaient de bien meilleure qualité et dont le prix de revient était plus faible.

Par ailleurs, la raréfaction des grosses huîtres et des moyennes ne leur permettait plus de poursuivre un négoce de qualité. Ils étaient nombreux à s'en prendre au courtier qui, incapable de répondre à leur demande en huîtres de gros calibre, leur livrait en vrac les huîtres maigres et rachitiques du bassin. « Leur situation était intenable au plan commercial », pense Jeanne.

Pour réduire leurs coûts, certains eurent recours aux importations d'huîtres d'élevage du Portugal, autorisées par un accord bilatéral à partir de 1955. Dès 1962, ces importations dépassaient les 5 000 tonnes par an[58]. Dans le même temps, il aurait fallu qu'ils puissent améliorer leur productivité à l'affinage. Certes, l'utilisation de machines motorisées pour l'entretien des claires leur permettait d'économiser jusqu'à 70 % de main-d'œuvre, mais la Seudre subissait, elle aussi, un certain envasement dû à la multiplication des claires. En vingt-cinq à trente ans, on en avait construit jusqu'à quatre rangées supplémentaires au large de celles qui existaient déjà.

58. Héral 1986 : 14.

Devant la hausse de leurs frais généraux, certains expéditeurs furent tentés de réduire leurs coûts d'affinage en laissant les huîtres moins longtemps en claires. « *C'est à partir de ce moment-là qu'on a commencé à produire de la cavalerie dans le bassin* », regrette Jeanne. À son niveau, elle estime que ce sont les courtiers qui ont poussé éleveurs et expéditeurs à abandonner l'affinage en claires. « *Un beau jour*, dit Jeanne, *on s'est dit qu'on allait faire comme tout le monde. Au lieu de faire de la spéciale en deux mois, on a fait de la verte en quinze jours. Au lieu d'en mettre quatre au mètre carré, on en a mis une pleine main. Par la suite, certains en ont mis jusqu'à 50 000 dans une claire. Elles ont fini par rester incultes* ».

La profession étant dans l'incapacité de résoudre l'ensemble de ses problèmes, la crise n'allait pas tarder à atteindre un paroxysme irréversible. En novembre 1966[59], en effet, commença l'épizootie connue sous le nom de maladie des branchies, qui ravagea le bassin. Les premiers cas d'huîtres atteintes par la maladie avaient été recensés dans un élevage en casiers sur le banc de Lamouroux au nord de Marennes. Les branchies des huîtres étaient indentées, perforées, festonnées. « *Les huîtres dépérissaient puis crevaient* », raconte Jeanne.

59. Gasquet 1996 : 25.

La production tomba en deçà de 30 000 tonnes. «*Les pertes furent énormes deux années de suite*», poursuit-elle. La rareté des huîtres avait entraîné une nouvelle augmentation de leur prix. Leur cherté avait cependant des inconvénients. «*Les huîtres, qui autrefois étaient consommées toute l'année, ne se vendaient plus guère qu'aux alentours des fêtes de fin d'année*», dit Jeanne.

En 1969, la maladie paraissait en régression. Les expéditeurs continuaient à importer des huîtres du Portugal pour pallier la pénurie. Mais ils s'intéressaient de plus en plus aux japonaises. Dès 1966, en effet, un dénommé Jarno avait importé 800 kg de naissains d'huîtres *Crassostrea gigas* de Sendai au Japon. «*Les naissains avaient poussé à une vitesse extraordinaire, atteignant la taille marchande en dix-huit mois à peine*, raconte-t-elle. *La nouvelle fit vite le tour du bassin*». Les ostréiculteurs exercèrent alors une énorme pression sur les pouvoirs publics pour pouvoir en importer d'autres. En 1969, les importations de gigas atteignirent 62 tonnes.

Au tournant des années 1970, l'ostréiculture marennoléronaise s'accommodait tant bien que mal de la situation. On comptait encore 30 000 concessions en exploitation sur 7 000 hectares de parcs et de claires. Les expéditeurs avaient survécu à la crise en palliant le manque d'huîtres par des importations du Portugal, d'Espagne ou du Japon. En décembre 1970, le bassin expédia entre 30 000 et 35 000 tonnes de coquillages. À la veille de Noël, il y avait 50 000 personnes à emballer 2,5 millions de colis dans les 800 cabanes de la région. L'économie ostréicole du bassin représentait un chiffre d'affaires global de 180 à 200 millions de francs.

Hélas, de gros nuages s'amoncelaient encore au-dessus d'elle. « Dès la fin du mois de juillet 1970, des mortalités anormales avaient été signalées sur de grosses huîtres de taille marchande, se souvient Jeanne. En janvier 1971, la crève avait gagné des individus plus jeunes, ainsi que le naissain capté, en très petites quantités, durant l'été ». En mars, le bilan était sombre : un fort pourcentage du stock d'huîtres mères, seules capables de fournir des larves, avait été détruit. « *Il n'y avait pratiquement plus aucune petite huître dans le bassin* », poursuit-elle. « *Au 1er juillet 1971, 80 à 90 % des stocks d'huîtres étaient endommagés, de nombreux bancs sinistrés* ». Par chance, ces mortalités touchaient uniquement les portugaises. Les japonaises résistaient victorieusement.

Pour sauver l'ostréiculture, l'État décida de subventionner à 75 % l'importation d'huîtres mères sur les bancs naturels du bassin. Dès le 9 avril 1971, l'*Opération Résur* était lancée conjointement par les organisations professionnelles des bassins d'Arcachon et Marennes-Oléron : un premier lot de trois tonnes, provenant du Japon, était ensemencé sur le banc de Mouillelande. Le 30 mai de la même année, un deuxième lot de 35 tonnes d'huîtres japonaises, provenant de Colombie britannique, sur la côte ouest du Canada, arrivait à l'aéroport de Mérignac à bord d'un DC 8. Elles furent aussitôt acheminées par camion vers le bassin. Le 2 juin, arriva un lot complémentaire. En 1972 et 1973, deux cargaisons de 35 et 30 tonnes d'huîtres mères japonaises en provenance du Canada seraient encore immergées dans le bassin.

« *On avait accusé de lourdes pertes*, soutient Jeanne ; *mais on décida quand même de se reconvertir en japonaises. On n'avait guère le choix. C'était en 1971* ». Mais ils ne purent réensemencer qu'une partie de leurs parcs parce que les japonaises coûtaient très cher. Les ostréiculteurs, sans revenus, devaient malgré tout continuer à payer leurs frais d'exploitation et à nourrir leurs familles. Ils souffraient beaucoup.

Certains se regroupèrent à plusieurs pour pouvoir acheter leur premier lot de japonaises. « *On les séparait une à une puis on les laissait en quarantaine dans de l'eau douce pour les débarrasser des parasites avant de les mettre en élevage* », se souvient Jeanne.

Commença alors une longue attente. Vers la mi-juillet, cependant, les ostréiculteurs furent soulagés. « *Des multitudes de larves apparurent dans l'eau*, dit-elle ; *elles se fixèrent sur les collecteurs puis se développèrent avec une incroyable rapidité. Elles grandissaient si vite*, poursuit-elle, *qu'il fallait sans cesse les travailler pour qu'elles aient une jolie forme* ». Les ostréiculteurs obtinrent entre vingt et quarante fois le poids initial d'huîtres mis à l'eau, et dix fois le capital engagé.

C'est ainsi que, progressivement, la culture de *gigas* gagna non seulement tout le bassin de Marennes-Oléron mais tout le littoral français. On avait observé les symptômes de la maladie des branchies sur le bassin d'Arcachon dès janvier 1967. En Bretagne, ses premières manifestations avaient été notées en rivière d'Auray en octobre 1967. En mai 1969, la mortalité sur les huîtres portugaises atteignaient 80 % à Cancale.

La reconstitution des gisements du bassin de Marennes-Oléron se poursuivit jusqu'en 1975.

« *Entre 1970 et 1972, il fallait à peine deux ans pour obtenir des gigas de taille marchande* » souligne Jeanne. L'abondance de la nourriture, due à la rareté des coquillages en élevage, favorisait leur croissance exceptionnelle. La culture en surélevé, qui se généralisa pendant ces années-là, y contribua aussi. Cela permit aux exploitations ostréicoles de se redresser plus vite que prévu.

Comme tous les autres ostréiculteurs, Jeanne et Charles avaient courbé le dos pendant ces années difficiles. Hélas, les difficultés économiques n'étaient pas leurs seules préoccupations. Depuis 1968, en effet, Charles était gravement malade. Michel était venu à leur rescousse en 1969. Mais à vingt-deux ans, il allait débuter dans le métier en prenant de plein fouet la crève de 1970. « *Ce n'était pas drôle*, dit-elle. *En 1968, Charles, voyant la situation sociale se dégrader de jour en jour, m'avait convaincue d'investir toutes nos économies dans l'entreprise. On avait couvert tous les parcs de petites huîtres. Deux ans plus tard, elles auraient dû constituer la première récolte de Michel. Hélas, il ne lui resta que des monceaux de coquilles vides pour paver les chemins sur les claires* ».

En trente ans, Jeanne et Charles avaient donc traversé toutes les turbulences d'une ostréiculture en pleine euphorie. La guerre avait masqué les difficultés d'un bassin saturé depuis les années 1930. La hausse de la demande, à partir de 1946, avait accentué un déséquilibre biologique mais également commercial, qui culminerait dans les deux épizooties de 1966 et 1970. Malgré tout, ils avaient bien su tirer leur épingle du jeu en misant sur l'élevage au cours d'une période qui lui serait favorable. En 1947, l'année de la naissance de Michel, ils avaient engagé un ouvrier ainsi qu'une femme de cabane à temps partiel, pour les aider. « *En ostréiculture, l'emploi féminin est complémentaire de l'emploi masculin*, souligne Jeanne ; *on ne peut pas embaucher un homme sans une femme* ». À compter de cette date, ils eurent toujours du personnel. À la cabane se succédèrent des nièces de Jeanne. S'ils connurent des heures fastes pendant cet Eldorado charentais de l'ostréiculture, ils n'avaient pas volé leur réussite professionnelle. Ils avaient beaucoup travaillé pour avoir une belle entreprise.

CHAPITRE 9
L'arrivée de Michel

Toute leur vie, Charles et Jeanne surent jouir des bons moments de l'existence. Après la guerre, ils reprirent à aller au bal le samedi soir comme avant leur mariage. Après tout, ils n'avaient pas encore trente ans ! Le dimanche, ils recevaient la famille ou les amis à la maison. À la belle saison, ils partaient aussi en vélo pique-niquer sur la plage, dans la forêt ou sur la dune de Saint-Trojan. Charles déposait leur casse-croûte dans sa remorque, et ils enfourchaient leur véhicule.

À l'époque, la végétation de l'île était très riche. En forêt, il y avait des immortelles et des pompons mais aussi des champignons. « *Maintenant, il n'y a plus rien*, raconte Jeanne ; *tout a été saccagé, piétiné* ». Sur la dune, le développement du tourisme s'est également traduit par la disparition d'espèces comme *le pourpier de mer*, *l'euphorbe peplis* ou encore *le lis de mer*. D'autres, telles que *le nombril de Vénus*, *le raisin d'ours* ou *l'œillet des dunes*, sont aujourd'hui protégées.

Ils passèrent des heures bien agréables à dévorer leurs tartines à l'ombre des pins parasols et des chênes verts en essayant de reconnaître les cris des multiples espèces d'oiseaux qui peuplent l'île. Leurs moments les plus délicieux, c'est à l'automne qu'ils les vécurent. « *C'est là où l'île est la plus belle* », dit Jeanne. Charles le menuisier adorait le bois, la forêt. « *Il la trouvait tout particulièrement splendide lorsque les feuilles changent de couleur, passant du vert au jaune puis au rouge* », raconte-t-elle. Et puis, à cette période de l'année, il n'y a plus beaucoup de touristes dans l'île. « *On rayonnait tranquillement dans les sous-bois, poursuit-elle, c'était du tonnerre !* ».

Ils eurent pleinement le temps de s'amuser puisque Jeanne ne mit au monde son seul et unique enfant que neuf ans après leur mariage. Le petit Michel, dit Michou, naquit lui aussi dans la *Grande Maison* le 12 janvier 1947.

À la fin des années 1940, la prévention maternelle n'existait pas encore. Jeanne ne fut jamais suivie par un médecin pendant sa grossesse. Elle porta son enfant pendant neuf mois sans savoir s'il serait sain et sauf, ni si ce serait un garçon ou une fille. Elle continua à travailler à la cabane jusqu'à la veille de son accouchement. Comme c'était en hiver, elle portait de grands manteaux. La rondeur de son ventre se dessinait à peine sous l'étoffe. Aussi, beaucoup de gens furent-ils surpris d'apprendre la naissance de son fils.

Comme il était coutume à l'époque, Jeanne accoucha chez elle. C'était un dimanche. Ce jour-là, Charles et elle étaient invités à déjeuner chez une amie, enceinte elle aussi. Elles avaient décidé de s'offrir un bon repas avant de plonger dans les vicissitudes de la maternité. Hélas! le samedi soir, en montant l'escalier qui menait à la chambre, Jeanne sentit que l'enfant était très bas. Elle dit à Charles, déjà couché, qu'elle ne pouvait plus monter les marches. Le moment approchait. Avant de s'endormir, il promit de lui installer un lit, le lendemain, dans la salle à manger du rez-de-chaussée.

À son réveil, Jeanne commença à sentir une légère douleur. Charles courut au Château-d'Oléron chercher la sage-femme. À son arrivée, elle examina Jeanne et lui annonça que l'accouchement n'était pas pour tout de suite. «*J'ai le temps d'aller faire mon marché au Château*», décréta-t-elle. Jeanne, inquiète, demanda tout de même si l'enfant viendrait dans la journée. La sage-femme la rassura aussitôt. Puisqu'elle avait décidé de repartir au village entre temps, Jeanne la chargea d'un message pour ses amis:

«*le déjeuner était annulé mais ce ne serait que partie remise*».

La sage-femme fit tranquillement ses courses. Jeanne s'assoupissait entre les contractions. À son retour, elle la menaça d'appeler le médecin si le travail n'avançait pas plus vite. Elle avait peur que l'enfant ne pérît étouffé. Elle accusa Jeanne de ne pas faire beaucoup d'efforts et parla de lui mettre les fers. «*À ces mots, dit Jeanne, je vis rouge. Des fers, je n'en voulais pas*».

Elle rassembla alors toute son énergie, bloqua sa respiration et, quand la sage-femme le lui demanda, se mit à pousser très fort. Pendant ce temps-là, Charles attendait dans la cuisine. Seules sa mère et la sage-femme étaient autorisées à être avec elle. L'accouchement était une affaire de femmes. Les hommes n'avaient pas le droit d'entrer dans la chambre. Aurait-il souhaité assister à la naissance de son fils, ou acceptait-il sans regimber d'être exclus de cette expérience? Finalement, l'enfant vint au monde. Un beau garçon en pleine santé.

Florida avait conseillé à sa fille de l'allaiter afin qu'il soit plus robuste et résistant. L'allaitement était alors considéré important du seul point de vue alimentaire. Aujourd'hui, on lui reconnaît aussi une fonction psychique. Il constitue le lien qui continue d'unir l'enfant à sa mère. Au bout d'un mois, Michel était plus maigre qu'au jour de sa naissance. «*Je ne m'étais pas rendue compte que je n'avais pas de lait*», confie Jeanne. Elle appela le médecin qui lui prescrivit aussitôt du lait en poudre.

Une fois que l'enfant fut assez mûr pour dormir la nuit entière, Jeanne reprit à vivre normalement. Mais la vie d'une femme peut-elle être la même après la naissance d'un enfant ? Sa nouvelle existence se traduisit d'abord par un surcroît de travail. «*En ce temps-là, il n'y avait ni couches jetables, ni machine à laver, ni sèche-linge*, explique Jeanne. *On devait tout laver à la main, pièce après pièce*». Ensuite, il n'y avait pas de crèche ou de halte-garderie au village pour accueillir les tout-petits. Enfin, Jeanne n'avait aucune autre personne sur qui compter dans la famille. «*Je ne pouvais pas non plus laisser mon fils à la garde de ma mère, qui était malade, ou de ma belle-mère, qui n'habitait pas sur place*», poursuit-elle. Charles, bien qu'émancipé pour son époque en matière de domesticité, ne participa jamais en revanche à l'élevage de son fils. Jeanne se retrouva donc seule pour assumer la dure gageure de conjuguer son métier d'ostréicultrice avec celui de mère de famille. «*J'ai tant souffert de cette situation*, assure-t-elle, *que je m'étais jurée de ne jamais avoir d'autre enfant*».

Elle était obligée d'emmener Michel partout où elle allait : à la cabane, sur les parcs en mer… « *J'emportais avec moi la bouillie et les langes*, raconte-t-elle. *Un jour d'août 1948, alors qu'on était partis tous les trois en bateau sur la côte de Saint-Trojan, on essuya un orage terrible. Michel prit peur et fut malade dans l'embarcation. Lorsqu'on posa enfin pied à terre, il s'enfuit à toutes jambes dans la forêt en criant "maman, j'ai peur"* ».

Aujourd'hui, Michel ne se souvient plus de cet incident. « *Ce que je garde en mémoire*, dit-il, *c'est un sentiment de malaise à l'idée de partir en mer. Le souvenir de moments désagréables et éternellement longs. Ma mère me laissait dans un coin pendant qu'elle travaillait et je m'ennuyais* ». Ces expériences pénibles l'ont conduit pendant longtemps à rejeter l'ostréiculture. « *Je n'allais jamais en mer de mon plein gré. J'y allais seulement parce que mes parents m'y emmenaient* ». Il n'eut plaisir à retrouver la mer que beaucoup plus tard lorsque, devenu adulte, il prit la décision de reprendre le métier.

À cinquante ans passés, Michel ne sait toujours pas nager. Il se souvient être tombé à maintes reprises dans le chenal, avec son petit vélo, pendant que sa mère travaillait à la cabane. « *Je ne sais pas comment je faisais pour en sortir,* confie-t-il, *je barbotais sans doute*». Ce dont il n'a pas de peine à se souvenir, c'est de la raclée que lui valaient ses efforts héroïques pour attirer l'attention de sa mère.

Il lui en voulut longtemps de l'avoir délaissé. À travers le récit de sa souffrance d'enfant, c'est elle qui lui a manqué. Pas son père. Ou du moins, c'est à elle qu'il fait porter le poids de sa frustration, pas à son père. Et pourtant, n'a-t-elle pas encore été, des deux, celle qui lui a consacré le plus de temps ?

Dans la tradition ostréicole, il n'a jamais été accordé de rôle éducatif au père. Les rôles masculin et féminin ont toujours été complémentaires : la femme au foyer et à la cabane ; l'homme en mer et sur les parcs. Les hommes sont restés en dehors de cette expérience humaine si forte et riche : l'établissement d'un lien profond avec l'enfant, qui lui permet, jour après jour, de construire sa personnalité.

La maternité est encore trop souvent perçue uniquement comme un asservissement, un sacrifice de soi. La mère est censée être là pour répondre aux besoins physiques et psychologiques de l'enfant : le nourrir, le changer, faire cesser ses cris, ses pleurs qui dérangent les autres. Mais ces moments sont aussi pour elle – à condition d'en avoir le temps – propices à la tendresse et à l'échange émotionnel. La mission primordiale de la mère, ou de la personne qui est chargée d'élever l'enfant, n'est-elle pas de le former affectivement et moralement, de lui transmettre un patrimoine de valeurs familiales, de l'accompagner vers son autonomie ?

Michel estime, avec une certaine dureté, que sa mère ne l'a pas élevé comme il aurait aimé l'être. Sa position d'élu local lui donnera peut-être, un jour, l'occasion de transformer sa souffrance d'enfant en un programme social qui permettra de soulager des parents à venir. « *Son désir d'enfant avait été naturel*, pense-t-il, *mais j'avais l'impression de l'encombrer, de la gêner dans l'exercice de sa profession* ». Ce qui était sans doute vrai.

« *Elle n'a jamais su être un demi-chef d'entreprise*, poursuit-il. *D'une part, parce que son père n'était pas du métier ; d'autre part, parce qu'elle avait besoin de diriger* ». Mais en cette période d'immédiat après-guerre, Jeanne avait-elle le choix ? Ils débutaient leur entreprise à zéro. Ils n'avaient pas d'argent. Par ailleurs, ils avaient été privés de tout à cause de la guerre et avaient tout à construire.

« *Je crois que ma mère aurait pu être moins présente en mer, moins préoccupée par son travail si elle n'avait pas été aussi attachée à sa réussite sociale et professionnelle*, insiste-t-il ; *mon père n'était pas aussi ambitieux* ». Charles n'accordait pas la même importance à l'argent, au confort. « *Il n'avait pas besoin de ces valeurs-là pour exister. Il était plus sensible aux valeurs humaines, pense Michel, être digne, rester maître de soi en toutes circonstances. Il a montré qu'il en était capable devant la maladie, la mort* ». Lorsque la douleur le clouait au sol, sa fierté, sa dignité, c'était de relever la tête, de marcher droit. Il a fallu longtemps à Michel pour reconnaître la dignité de son père. Mais lorsqu'il est mort, que le curé du Château est venu à la maison pour organiser le service funèbre, il lui a demandé une seule faveur : « *évoquer, dans son éloge, cette dignité* ».

Seulement voilà, Charles n'était pas Jeanne. Son père à lui était un intellectuel, travaillant dans une institution séculairement reconnue : la Marine. Au siècle dernier, le meilleur parti, pour une femme, n'était-il pas d'épouser un militaire ? Il ne portait pas dans ses veines les valeurs du monde paysan pour qui l'argent et le patrimoine sont souvent le signe de la réussite sociale mais pour qui aussi le métier est un combat permanent sur la nature, les aléas climatiques, les épidémies, les prédateurs. Peut-être ce sixième sens, commun à la plupart des travailleurs de la terre, lui faisait-il défaut. Charles aurait-il pu survivre dans l'ostréiculture sans son épouse ? Jeanne possédait assurément les deux qualités nécessaires pour triompher dans ce milieu : le courage et l'ambition.

Il n'était pas non plus une femme. Contrairement à elle, il n'avait pas à faire la preuve de ce dont il était capable pour être reconnu socialement. Il avait un métier, celui d'ébéniste. « *Dans le bâtiment, les travailleurs du bois, ébénistes et charpentiers, étaient perçus comme l'élite*, reconnaît Michel ; *il aurait pu s'en contenter* ».

Jeanne était aussi le fruit de sa génération. Après tout, les femmes ont fini par obtenir le droit de voter le 17 août 1945 ! La situation de la femme, l'image qu'elle portait sur elle-même, avaient encore changé avec la seconde guerre mondiale. Pendant que les hommes étaient au Front, elles s'étaient bien débrouillées. Charles au combat, Jeanne avait continué à travailler sur les parcs. Même après son retour, elle était allée de village en village, avec ses pneus rafistolés, parfois sous le bruit des canons, vendre ses huîtres. Elle avait fait preuve de courage, d'autonomie. Son aspiration à une identité propre, à une réussite professionnelle, n'était-elle pas légitime ?

Elle était déchirée : d'un côté, il y avait ce bébé, avec ses besoins de soins, d'affection, de communication, sans compter tout le travail domestique que son éducation impliquait. De l'autre, son désir personnel de se réaliser, de construire son avenir. Jeanne bouillonnait d'énergie, de pétulance, qu'elle avait besoin de transformer en réalisations concrètes pour se sentir satisfaite.

Elle était placée devant le dilemme que continuent à vivre des millions de femmes dans la société occidentale : faire abnégation de soi, de son désir personnel, vivre au rythme de l'enfant, le servir jour et nuit pour qu'il se construise, au risque de ressentir une grande frustration, un profond malaise ; ou donner la priorité à son travail, tout en culpabilisant à l'idée de ne pas l'élever correctement. À l'heure de la maternité, il faudrait que la femme se dédouble. Hélas, le don d'ubiquité n'existe que dans la littérature. Alors, même si Charles eût souhaité avoir d'autres enfants, elle refusa. Par amour pour eux. Par respect aussi pour l'idée qu'elle se faisait de la maternité qu'elle aurait aimé vivre.

Michel ignore si les autres fils et filles d'ostréiculteurs ont partagé sa condition enfantine. Il sait seulement qu'il s'est senti très seul et qu'il a énormément souffert d'avoir été un enfant unique. « *Je m'étais promis d'avoir plus tard au moins deux enfants afin d'éviter de faire subir cette situation-là à quelqu'un*», dit-il.

Hélas, les circonstances ne permettaient pas non plus à Jeanne de le mettre à l'école maternelle. «*Il en existait bien une au Château-d'Oléron qui acceptait les enfants à partir de deux ans et demi*, raconte-t-elle, *mais je n'avais pas encore de voiture. Il aurait fallu que je fasse des kilomètres à vélo avant de partir dans l'autre direction, à la côte. C'était au-dessus de mes forces physiques*». Alors, elle le confia, contre son gré, à la garderie d'Ors. Elle était tenue par une vieille dame qui avait vingt-cinq à trente enfants sous sa responsabilité et se contentait, précisément, de les garder. «*Je me rendais bien compte qu'elle n'avait pas les moyens de faire de la pédagogie et je le regrettais profondément*», confie-t-elle.

À cinq ans, Michel entra en section enfantine à l'école élémentaire du Château. Très vite, l'école représenta pour lui une ouverture, un moyen de découverte dans lequel il se plongea avec délice. «*On l'encourageait à bien travailler car on ne souhaitait pas, à ce moment-là, qu'il prenne notre succession*», fait Jeanne. C'était un élève studieux. Il adorait la lecture et, petit à petit, se prit de passion pour les maths. Il termina l'école élémentaire avec un an d'avance. Il réussissait si bien que son directeur l'encouragea à partir au lycée technique de Saintes. Celui-ci poussait tous ses meilleurs élèves à poursuivre leur éducation au lycée.

C'était l'un de ces instituteurs qui ont fait la gloire de la République. Aux yeux de Michel, «*c'était un homme qui fascinait ses élèves par sa rigueur et son hygiène de vie. Un musicien. Un ascète qui, été comme hiver, par -5° ou -10°C, était dans son jardin en short*». Pourtant, c'était aussi un maître autoritaire, capable de frapper sur les doigts de ses élèves à coups de règle ou de leur donner des claques magistrales. Aujourd'hui, Michel ne songe pas à condamner cette violence qui était faite aux enfants. Pourtant, est-il nécessaire de souffrir pour apprendre ? Ne retient-on pas encore mieux la leçon quand on y prend plaisir ? Michel ne garde de son maître que l'aura d'un être à maints égards exemplaire.

La douloureuse question du départ sur le continent se posait à nouveau. À quatorze ans, Jeanne avait voulu elle aussi aller à Rochefort pour apprendre le métier de coiffeuse. Ses parents avaient dit non. Aujourd'hui, c'était son tour d'être confrontée à ce dilemme. «*Je ne pouvais me résoudre à laisser partir en pension mon petit à peine haut comme trois pommes, à dix ans et demi*», dit Jeanne, encore bouleversée par cette rupture prématurée. Elle acceptait d'autant moins l'idée de cette séparation qu'elle était consciente de ne pas avoir eu le temps de le chérir. Aussi, lorsque le directeur vint plaider la cause de Michel, refusa-t-elle d'abord de donner son accord. Mais, si elle, trente ans plus tôt, n'avait pas contesté le refus parental, Michel n'en resta pas là. « *Si le directeur veut que j'y aille*, dit-il, *j'irai* ». Jeanne refusait toujours de signer les documents à remplir. « *Tu les signeras, maman*, lui rétorqua son fils ; *je suivrai les conseils de mon maître* ».

Michel n'avait pas envie de rester au Château. « *Je sentais que j'avais une chance à saisir* », dit-il. Aujourd'hui, il se dit que s'il était resté vivre avec ses parents, il aurait sûrement été moins bien préparé à la vie. « *J'aurais été plus fragile, plus friable* ».

La mort dans l'âme, Jeanne dut donc céder. Elle s'inclina par amour pour son fils, pour lui donner toutes les chances de réussir. Mais aussi peut-être pour la petite fille qui, au fond d'elle-même, n'avait pu réaliser son rêve. L'histoire ne se renouvellerait pas deux fois de la même façon. Quel courage ne lui fallut-il pas, cependant, la veille de la rentrée, pour laisser son enfant dans un tel établissement : « *il n'y avait pas de tableau dans les classes, pas d'eau chaude à l'internat, pas de carreaux aux fenêtres. C'était l'horreur* » !

Michel entra directement en cinquième. « *Je me suis alors retrouvé avec des enfants plus grands et plus âgés que moi*, raconte-t-il ; *à cause de ma taille et de mon âge, mes camarades de classe portèrent sur moi, pendant toute ma scolarité, un regard différent, qui m'isolait des autres. Jusqu'au bac, j'ai toujours été considéré comme le petit génie de la classe* ».

L'internat fut un autre facteur d'isolement. Ils étaient une soixantaine de garçons à partager le même dortoir. La vie y était très spartiate. « *Le matin, on se lavait à un tuyau d'eau froide troué* », raconte Michel. Ils ne rentraient chez eux qu'à la fin de chaque quinzaine. L'autre dimanche, ils avaient en ville un correspondant qui les accueillait chez lui.

Dans cet univers, la règle dominante était la loi du plus fort. « *Malingre et chétif, j'étais bien mal loti pour y faire face*, souligne Michel ; *je n'aurais pu physiquement avoir le dessus. J'avais bien quelques copains, grands et costauds, pour me protéger. Mais je pris le parti de me faire oublier pour échapper à la tyrannie des plus forts* ». Il s'enferma en lui-même, réprima ses émotions, se cuirassa pour ne pas être blessé.

À l'instar de Michel, des générations d'hommes et de femmes ont été forgées dans le moule de l'internat. Sevrés de la vie familiale au sortir de l'enfance, livrés à la violence sociale de la cour et du dortoir, ils ont réussi pour la plupart à surmonter l'épreuve, mais en verrouillant leur cœur. Michel estime que la rudesse qui caractérisait la vie à l'internat a été « *une bonne école* ». Elle l'a préparé à supporter une autre jungle : celle de la vie politique. « *C'est pourquoi j'ai insisté pour que mes enfants y aillent eux aussi* », dit-il.

Son sentiment d'enfermement s'accentua encore à l'adolescence. Michel prépara un bac *technique mathématique* : l'équivalent de mathélem avec une option dessin industriel. « *Je n'ai jamais aimé le dessin industriel mais je me passionnais toujours plus pour les maths* », confie-t-il. En fait, elles devinrent un refuge abstrait, hors de la violence du réel. Il passa l'année de son bac à faire des maths et à jouer aux échecs. Inconsciemment, à chaque nouvelle étape de son développement, il perdait un peu plus contact avec les siens. C'était sa façon de faire face aux difficultés. Hélas, ce n'était pas la bonne puisqu'elle le plongeait dans une solitude toujours plus grande. À vingt ans, il était emmuré en lui-même.

Il souffrait beaucoup et était en colère contre ses parents. Quand il était adolescent, Jeanne lui donnait de l'argent à chaque fois qu'ils se retrouvaient. Il avait l'impression qu'ils cherchaient à compenser ainsi leur manque d'affection. Cela lui était insoutenable. «*À l'heure du retour au pensionnat, le dimanche soir, ma mère me donnait des sous*, raconte-t-il, *ce qui me paraissait être beaucoup de sous*». Au douloureux moment de la séparation, cet argent lui semblait destiné à racheter sa souffrance. «*J'en étais très choqué et amer*». C'était le malentendu total entre eux. Jeanne et Charles lui offraient ce qu'ils avaient à lui donner: de l'argent, une certaine aisance financière. Michel attendait autre chose.

Il leur en voulut longtemps de ne pas avoir eu une jeunesse comme les autres. «*J'avais rêvé d'aller en colonie de vacances pour faire et être comme tout le monde*, dit-il; *ma mère a toujours refusé. Je me demande encore pourquoi*». Trouvait-elle cela dégradant? Aurait-ce été, pour elle, une nouvelle façon de le délaisser? À moins qu'elle n'ait pu, tout simplement, se résoudre à une séparation supplémentaire. Plus prosaïquement, on peut penser que Jeanne, qui passait toute son existence à travailler, cherchait à offrir à son fils ce dont elle était privée: des loisirs.

Plus encore que la colo, Michel aurait voulu faire des petits boulots l'été. «*Pour faire mes premières expériences et me prouver que j'étais capable de gagner de l'argent*», dit-il. Mais Jeanne s'y opposa. Sans doute considérait-elle, encore une fois, que c'était une chance pour lui de pouvoir passer des vacances oisives. Un privilège social dans ce milieu rural où de nombreux enfants contribuaient encore au travail de l'entreprise familiale pendant leur temps libre.

Michel resta en pension à Saintes jusqu'à l'obtention de sa deuxième partie de baccalauréat à seize ans et demi. «*J'aurais aimé, ensuite, entrer dans une grande école*, admet-il, *à Saint-Cyr, par exemple, parce que j'étais fasciné, comme certains garçons peuvent l'être, à cet âge-là, par la carrière militaire*». Il oublie que, dans sa famille, l'armée est plus qu'une passade d'adolescent. C'est une réelle valeur d'identification personnelle et sociale. Son grand-père paternel n'était-il pas dans la Marine? Ne faut-il pas lire alors à travers sa motivation un puissant désir d'identification à ce grand-père ou, plus globalement, à sa lignée paternelle? Son père, lui-même, a toujours voué beaucoup de respect à la carrière militaire.

Michel aurait aussi aimé entrer à l'École de journalisme de Lille. «*J'étais*, dit-il, *curieux des événements exceptionnels, avide de connaissance et de découverte. J'aurais voulu être grand reporter pour vivre et comprendre l'Histoire en marche. Il y avait la guerre en Irlande du Nord. Je rêvais d'y aller pendant deux ou trois mois pour voir et saisir ce qui se passait*». Hélas, s'il avait de très bonnes notes en maths, son niveau était faible dans d'autres matières ; ce qui lui en fermait les portes. Il se résolut donc à entrer en première année de *mathématique générale physique* (MGP) à l'université de Bordeaux. Une section alors réservée aux meilleurs éléments.

Mais à seize ans, après six années d'internat, il n'était pas prêt à vivre l'expérience du milieu universitaire français où l'étudiant est livré à lui-même. C'était plus qu'une rupture, un véritable choc. «*Je n'avais que cinq à six heures de cours magistraux par semaine*, raconte-t-il, *il n'y avait pas de travaux pratiques car la faculté ne disposait pas des équipements appropriés. On était 400 à 500 étudiants dans l'amphithéâtre et à la fin du cours, chacun partait de son côté*». La vie d'étudiant consistait donc à travailler seul, dans sa chambre. Pour couronner le tout, Michel n'avait pas pu obtenir de chambre universitaire. Il se retrouvait noyé dans l'immensité de la ville, à Mériadec, à l'heure où le quartier était encore l'univers des prostituées et des clochards. « *Pour maintenir leur équilibre, de nombreux étudiants formaient un couple peu après leur arrivée à l'université*, se souvient Michel. *Moi, j'avais du mal à nouer des relations avec les filles. J'avais plutôt tendance à aller vers les marginaux de mon quartier. Après tout, je ne les trouvais pas si différents de moi*». Il se sentait seul. Seul à en crever.

Ses trois années en faculté à Bordeaux auraient pu être les plus belles de sa vie. Ce fut tout le contraire. «*J'étais très timide. J'avais peur du contact avec les autres, peur de la foule. J'étais suicidaire. J'étais prêt à toutes les expériences, y compris les plus risquées*».

Aujourd'hui, il sait qu'il n'a pas été le seul à connaître la solitude sur un campus français. Si autant d'étudiants renoncent à leurs études dès la première année, ce n'est sûrement pas parce qu'ils sont tous idiots. Il faudra bien, un jour, respecter les besoins affectifs de cette jeunesse et favoriser sa réussite en rendant la condition estudiantine plus humaine.

La première année, il se laissa simplement aller à tout sauf à l'étude. Jeanne et Charles étaient inquiets du tour que prenaient les événements. «*On laissait tomber notre travail une fois par quinzaine pour lui rendre visite à Bordeaux*, dit Jeanne; *on surveillait ses fréquentations et sa tenue*». La deuxième année, il essaya de se ressaisir, mais la mécanique intellectuelle s'était grippée. Il ne réussit pas à remonter la pente. Ce fut l'échec.

Il traversait une crise profonde. D'un côté, il y avait cette solitude, insupportable. De l'autre, il n'avait pas d'objectif. «*Je ne cherchais pas à embrasser telle ou telle carrière, à devenir médecin, pompier ou avocat*, avoue-t-il, *je n'avais qu'une seule passion : les maths. Une boulimie de maths*». Il était, au sens littéral du terme, fou de maths. Ses copains avaient du mal à le comprendre. «*Comment peux-tu vivre ainsi ?*» lui demandaient-ils.

La troisième année, il entra, sur les conseils d'un ami de la famille, en faculté de pharmacie. «*J'aurais pu aussi bien m'inscrire dans une autre discipline. Je compris très vite que ça ne m'intéressait pas*». De toute façon, il était trop mal dans sa peau pour réussir. Il était devenu très rebelle. «*Avec l'aide de mon père, je m'étais construit une cabane en pleine forêt, sous prétexte d'y faire mes révisions*, raconte-t-il, *en fait, j'y vécus plusieurs mois en véritable Robinson Crusoë*». Plus solitaire que jamais.

«*Rétrospectivement, je pense que je ne me suis jamais senti aussi près de moi-même qu'à cette période-là*, confie-t-il ; *à l'intérieur de la cabane, dans ma bulle, tout me paraissait limpide, transparent*». Il se nourrissait de pain et de chocolat, ainsi que de légumes et de fruits qu'il allait chaparder dans les jardins voisins.

À l'égard de ses parents, Michel était comme une cocotte-minute prête à exploser. Il bouillait intérieurement de colère à leur encontre. Le moindre échange tournait au conflit. Il portait les cheveux longs. Sa mère en avait honte. Elle lui donnait de l'argent pour aller chez le coiffeur. « *Ton argent, je n'en veux pas*, lui répondait-il, *vous n'êtes que des bourgeois* ». À la maison, elle l'obligeait à utiliser des patins pour se déplacer sur le parquet ciré de la salle à manger. Michel interprétait cet interdit comme une soif de luxe et de confort. Il ne voyait pas qu'elle cherchait à éviter le ménage qu'elle n'avait pas ni le temps, ni la force, ni l'envie de faire. « *Je me sentais incompris*, résume-t-il, *ils m'avaient refusé les colos, le travail. J'avais le sentiment qu'ils voulaient m'acheter avec leur fric. Je me disais que nous n'avions pas les mêmes valeurs* ». Michel partait en stop à l'autre bout de la France ou en Italie accompagner une copine. Jeanne et Charles s'effondraient en pleurs.

La crise d'adolescence de Michel avait commencé dès 1963. « *Mai 1968 me collait à la peau comme un gant*, pense-t-il ; *j'avais un peu anticipé, comme d'autres* ». Cinq ans plus tard, les événements nationaux lui donneraient raison. Ils étaient des millions de jeunes à partager la même révolte contre la société, l'ordre établi. Comment aurait-il pu se sentir encore seul ?

Au niveau familial, Michel n'avait pas été le seul, pendant ces années-là, à connaître un passage difficile. Était-ce le surmenage professionnel des dix dernières années, le décès de Florida en 1952 ou encore la séparation d'avec Michel, toujours est-il qu'un beau matin des années 1960, la vie de Jeanne vacilla. Elle était frappée, à son tour, de tuberculose. La nouvelle fut un choc pour toute la famille. Jeanne rejoignait sa mère et sa sœur dans le clan des pulmonaires. Jeanne, elle-même, s'inquiétait: «*allais-je subir le même sort que ma sœur?*» s'interrogeait-elle en silence. La médecine, heureusement, avait fait des progrès depuis le décès d'Andrée. Maintenant, la maladie se guérissait.

Elle avait attrapé un bon rhume qu'elle avait négligé de soigner. Un mois plus tard, prise d'une grosse fièvre, elle finit par aller chez le médecin. Le mal était fait. Le radiologue décela une tache au poumon gauche. Alors celle qui n'avait jamais su s'arrêter, fut clouée sur une chaise longue pendant trois ans. «*Je somnolais, des journées entières, le dos calé contre des oreillers, les jambes pendantes,* se souvient-elle; *j'étouffais continuellement*». Elle était condamnée à l'oisiveté.

La maladie l'avait saisie en pleine force de l'âge. Mais était-ce vraiment un hasard?

N'avait-elle pas été emportée loin d'elle-même par un trop plein d'activités, de stress ? Sa longue convalescence allait lui offrir le luxe d'une méditation propice à une reconstruction intérieure. D'ailleurs, à partir de cette période-là, Jeanne et Charles ne cherchèrent plus aussi systématiquement à se procurer de nouvelles concessions. Ils s'octroyèrent des moments de répit que la maladie servait à justifier.

Après des mois de léthargie, Jeanne recouvra assez de force pour renouer avec l'action. « *Un jour, j'ai demandé à mon médecin à partir en cure* ». Ce fut le début d'un rituel de douze ans. Elle passa tous les mois de juin suivants au Mont Dore. « *On avait acheté une caravane et Charles m'accompagnait* dit-elle. *Pendant que je faisais consciencieusement mes soins, il préparait le repas* ». Durant cette période difficile, Charles, à son tour, la soutint. Petit à petit, elle réussit à recouvrer la santé. D'autres événements allaient, au cours de cette période, la ramener sur la voie de la guérison. Le rapprochement avec Michel lui fut certainement un apaisement très salutaire.

CHAPITRE 10
La réconciliation

En 1967, deux événements majeurs allaient en effet contribuer à un resserrement des relations familiales. Ce fut d'abord la maladie de Charles. À la veille de l'été, celui-ci annonça à son fils qu'il ne pouvait plus continuer à travailler. Il souffrait d'une tumeur au cervelet mais ne connaissait pas encore la racine de son mal. « Il y a deux solutions, lui dit-il, ou je vends l'entreprise, ou tu reviens ». Il n'était pas question de lui forcer la main. Ils n'avaient pas vraiment le choix des armes après tant d'années de blessures et de malentendus. Ils jouèrent donc la corde sensible. Ils lui proposèrent de leur donner un coup de main pendant l'été. Cela lui laisserait le temps de réfléchir avant la prochaine la rentrée scolaire. Michel accepta.

L'amour qu'il nourrissait au fond de lui pour son père, sa compassion à son égard pendant cette période de souffrance aiguë, entraient pour beaucoup dans sa décision. Mais ce retour au pays était aussi pour lui une issue honorable à l'impasse dans laquelle il se trouvait. Il n'avait plus d'avenir en faculté. Par ailleurs, après des années de recroquevillement, il avait besoin d'éprouver son corps, de le sentir vibrer. Le métier d'ostréiculteur, qui oblige à vivre dans la nature par tous les temps, réclame une grande force physique. Il allait lui permettre de sentir à nouveau la vie entrer par tous les pores de sa peau. «*Je revivais*, dit-il. *Un frisson me parcourait lorsque, quittant le chenal à cinq heures du matin sur mon bateau, je regardais le soleil se lever juste derrière Fort Louvois*». En fin d'après-midi, il rentrait de la marée, fourbu mais rasséréné, apaisé. Trente ans plus tard, cette vie physique, en pleine nature, éveille toujours en lui de grandes émotions.

Enfin, Michel avait pris conscience de son identité d'insulaire. À Bordeaux, il avait souffert de l'anonymat. Au fil du temps, il avait profondément ressenti l'importance de ses origines, de ses racines oléronaises. Il aspirait à retrouver son village natal, son île.

Le deuxième événement fut sa rencontre avec Colette cet été-là. Il avait vingt ans. Elle en avait vingt-deux. Un cousin de Michel avait épousé une cousine de Colette. Un matin, ils se retrouvèrent tous deux à La Cotinière, à bord du bateau de pêche du cousin. Est-il meilleur endroit au monde pour faire connaissance ?

Colette vivait à Versailles. Elle était venue rejoindre ses parents en vacances dans l'île d'Oléron. Au départ, tout semblait les séparer. Jeune fille rangée, elle entretenait une relation très platonique avec un autre jeune homme. « *Je le trouvais intelligent et cultivé mais un peu à la dérive* », confie Colette. Michel, de son côté, fut séduit par ce qui lui faisait le plus défaut en ce temps-là : « *le naturel de Colette, sa facilité à communiquer avec les autres* ». Elle était bien dans sa peau, à l'aise en toutes circonstances. Aussi ne vit-elle de prime abord dans leur rencontre qu'un flirt estival. Pour Michel, il ne pouvait s'agir d'un jeu. Ses relations avec les filles avaient toujours été une affaire délicate mais grave. Il prit la décision de lui rendre visite à Versailles après les vacances. C'est à ce moment-là seulement que leur relation prit une autre tournure.

« *Je me demande encore si c'est mon côté Saint-Bernard qui m'a poussée à m'attacher à lui* », s'interroge Colette. Toujours est-il qu'elle eut une grande influence sur lui. Michel devait choisir avant la fin de l'été entre la faculté et l'ostréiculture. Comprit-elle qu'il avait besoin d'une période de réflexion supplémentaire avant de faire un choix définitif? Elle sut en tout cas le tirer d'embarras. «*Je l'ai poussé à résilier son sursis et à accomplir son service militaire*, dit-elle; *je suis même allée plus loin en lui suggérant de profiter de son niveau d'études pour faire une école d'officier de réserve*». Michel suivit ses conseils et demanda à partir dans la Marine d'outremer. Il fut bientôt nommé dans… l'Infanterie à Verdun.

«*D'emblée, la vie militaire me plut*», dit Michel. Il retrouva dans l'armée l'univers structurant et sécurisant des mathématiques: des règles strictes, auxquelles il faut se plier, obéir[60]. «*Pour moi, elles formaient un cadre qui, loin d'être concentrationnaire, offrait à chacun une certaine marge de manœuvre, d'initiative et de liberté*», estime-t-il. Par ailleurs, il appréciait les avantages matériels offerts par l'armée: un logement et un vestiaire gratuits, une solde élevée. Enfin, l'École des Officiers de Réserve lui permit de faire l'expérience du commandement. «*J'avais sous mes ordres un groupe de quarante à cinquante jeunes sur lequel j'avais un grand pouvoir. Très vite, je me suis rendu compte que j'aimais mener des hommes*», ajoute-t-il.

Après quatre mois de classes, il rejoignit le camp de Coëtquidan pour quatre autres mois. À l'issue de ce deuxième séjour, il y avait un

60. 1 Weyl-Kayley 1985: 9.

concours. Les candidats les mieux placés, qui souhaitaient entrer dans la carrière, avaient la possibilité de choisir leur régiment. Michel termina quatrième sur les trois cents jeunes de sa promotion. Il faisait donc partie de ceux-là. Le jour de la sélection, l'État-major avait rassemblé tous les candidats dans un amphithéâtre. Sur un écran géant défila bientôt l'ensemble des régiments disponibles. Ils n'avaient que quelques secondes pour se décider. Michel eut alors un instant d'hésitation : « *est-ce que je choisis le régiment qui me rapproche de Colette ou est-ce que je me laisse tenter par un régiment d'élite ?* ». Il laissa finalement tomber le mot fatidique : « Frileuse ». Il venait de sceller son destin professionnel.

Aujourd'hui encore, il se dit qu'il aurait pu tout aussi bien répondre « *les paras à Tarbes* ». « *Si j'avais choisi un régiment d'élite, j'y serais encore* », croit-il. Mais sa décision avait-elle été aussi arbitraire qu'il le prétend ? Consciemment ou non, il avait choisi d'être près de Colette parce qu'au plus profond de lui-même il avait avant tout besoin d'amour.

Michel passa donc les huit mois suivants comme sous-lieutenant au camp de Frileuse. « *C'était un régiment de la banlieue parisienne qui présentait peu d'intérêt militaire* », dit-il. « *On faisait faire toutes sortes de manœuvres, de manifesta-*

tions aux appelés». En revanche, sa population, représentative de la société française, le motiva. La fréquentation du camp allait du délinquant au musicien de conservatoire. Michel avait dans sa section autant de musiciens que de zonards parisiens. «*Au premier abord, je m'étais demandé sous quelle bannière j'allais pouvoir rapprocher des êtres aussi différents. Je choisis le sport*», dit-il. « *Vous n'êtes là que pour deux mois*, leur expliqua-t-il ; *je ne vais pas vous apprendre les règles militaires que vous oublierez aussitôt. En revanche, je vais vous faire découvrir votre corps*». Sa décision n'était pas dénuée d'intérêt personnel. Michel avait lui aussi besoin d'effort physique, d'éprouver son corps jusqu'à l'épuisement. Son retour à l'ostréiculture, quelques mois plus tôt, l'avait conforté dans cette soif de sensations nouvelles.

Pendant la journée, il entraînait son groupe. Le soir, il rejoignait Colette à Paris. Il repartait, le lendemain matin, en camion militaire. C'est ainsi qu'en mai 1968, il se retrouva bloqué pendant un mois dans la capitale. Quelle aubaine ! Michel, qui avait toujours rêvé d'être au cœur de l'Histoire, était servi. «*Je garde un souvenir impérissable de ces journées passées sur les barricades*, dit-il. *La France vivait collectivement la remise en question à laquelle je m'étais livré quelques années plus tôt dans ma cabane. On refaisait le monde. Je trouvais ça extraordinaire !* » Un jour, à l'Odéon, il vit un acteur de théâtre, qui devint fort connu, essayer de sermonner des étudiants. « *Il ne tarda pas à se faire insulter* », fait-il en riant. Dans les amphithéâtres de la Sorbonne, il participa à maints débats avec les leaders du mouvement.

C'était la révolution. Il n'y avait plus d'obstacle, plus de tabou. En un mois, les relations entre les garçons et les filles avaient connu un revirement à 180 degrés. « *Faire l'amour était devenu un acte aussi banal que d'acheter une baguette de pain*, dit-il ; *les notions de désir, de plaisir n'entraient plus en ligne de compte. On est revenu*, pense-t-il, *à des relations plus équilibrées de ce côté-là* ». Pourtant, la société française jouirait-elle aujourd'hui de la même liberté sexuelle s'il n'y avait pas eu cette explosion ?

Avec le recul, Michel se dit qu'il vaut mieux être prudent face à de tels mouvements sociaux. En homme politique averti, il se méfierait moins des jeunes, pris dans l'élan collectif, que de ceux qui, à l'arrière, essaient de tirer les ficelles, d'exploiter une révolution.

Mai 1968 était passé. La vie avait repris son cours. Les deux jeunes gens étaient très amoureux l'un de l'autre. « *On avait décidé de se marier* », dit Colette. La révolution sexuelle avait certes eu lieu mais la libéralisation des mœurs ne se ferait que progressivement. La vie en concubinage n'était pas encore acceptée. Peu de femmes prenaient la pilule. Avoir un enfant sans être mariée était encore scandaleux. Pour des jeunes filles comme elle, le mariage signifiait donc pouvoir s'aimer librement, pouvoir prendre le risque d'avoir un enfant. Michel, à l'abri de la responsabilité de la fécondation, et soixante-huitard émérite, considérait plutôt le mariage comme une institution archaïque. Mais il aimait Colette. Il accéda à son désir.

Lorsqu'ils annoncèrent leur décision aux parents de Michel, ceux-ci furent pris de panique. «*Je revois encore la stupeur de mon beau-père en train d'enfiler ses chaussettes dans la chambre à coucher*», rigole Colette. Michel n'avait fini ni ses études ni son armée et les voilà qui parlaient mariage. Décidément, cette génération ne ferait jamais rien comme les autres !

Comme sa mère, Michel n'avait pas choisi une enfant du pays. Sa quête d'exotisme dépassait largement les limites de l'arrondissement de Rochefort puisque Colette était originaire du Maroc. Elle était née à Essaouira (ex-Mogador) le 28 mai 1945. «*Mon grand-père maternel avait travaillé comme ingénieur sur le canal de Panama*, raconte-t-elle. *Le jour où les autorités françaises lui proposèrent de s'installer en Afrique du Nord, il fit ses valises et partit avec sa famille. Il monta un garage à Mogador et travailla pour la Compagnie de Transport du Maroc*». Du côté paternel, le grand-père de Colette était mort à la fin de la guerre de 1914-1918, quelques jours à peine avant la naissance de son père. «*Ma grand-mère, qui était couturière, accoucha à Libourne avant de repartir vivre au Maroc avec sa fille de quatre ans et le bébé*», dit-elle. Ils vivaient à Casablanca où elle se remaria.

À la fin de ses études, le père de Colette avait passé des concours pour entrer dans l'administration des Finances, à Air France ou à l'Éducation Nationale. Il réussit aux trois mais la première réponse arriva des finances. Il fut muté comme commis de perception à Mogador. C'est là qu'il rencontra sa mère, une jeune institutrice qui vivait avec ses parents. Il aurait préféré être enseignant. «*Il aurait sûrement fait un très bon enseignant*, souligne sa fille; *en compensation, il en épousa une*». Il devint percepteur et poursuivit sa carrière dans plusieurs villes du Maroc avant le rapatriement de toute la famille en France en 1961.

Colette grandit donc au Maroc avec ses parents et ses trois sœurs. Elle était la troisième du quatuor. Tonique, sportive. «*J'étais le garçon manqué de la famille*», concède-t-elle. À son retour en France, elle poursuivit des études secondaires à Lyon. Après sa première partie de baccalauréat, elle passa un concours pour rentrer, comme son père, au ministère des Finances. «*J'ai travaillé deux ans en tant qu'agent du trésor avant de m'engager, comme l'une de mes cousines, dans l'armée*», dit-elle.

Le jour où Michel la présenta à ses parents, Jeanne avait justement failli se noyer. Il faisait mauvais temps. «*On rentrait de la marée avec Charles*, raconte Jeanne; *je m'apprêtais à débarquer lorsque j'ai raté le quai. Le bateau a reculé. Je me voyais déjà tomber entre le bateau et le quai*, poursuit-elle, *j'ai eu peur!*». Cherchant à s'agripper au hauban, elle s'était griffée tout le corps. Le temps que Charles manœuvre et sorte de la cabine pour l'attraper, elle avait déjà les pieds dans l'eau. Le fossoyeur du Château-d'Oléron, qui pêchait au carrelet à deux pas de là, avait vécu toute la scène. «*J'ai bien vu le moment où j'allais faire votre trou*», lui dit-il. Jeanne rentra à la maison toute trempée. C'est dans ces circonstances que les deux femmes se rencontrèrent.

Qui était donc cette fille qui allait lui prendre son fils? Une fille à soldats? Rares étaient encore les Personnels Féminins de l'Armée de Terre, les PFAT. Pourtant, Colette aimait son métier. Elle avait suivi des classes en bonne et due forme à Dieppe, avec corvée de pommes de terre, lit au carré, etc. Puis, elle avait été mutée dans un bureau de recrutement où elle compta parmi les premiers utilisateurs des ancêtres de l'ordinateur, les machines électroniques Frieden.

Son désir d'être militaire remontait à son enfance au Maroc. Là-bas, le drapeau multicolore était le lien avec la France métropolitaine et le signe de ralliement des Français. « *Les expatriés se retrouvaient pour les fêtes patriotiques*, dit-elle ; *toute petite, j'adorais assister aux revues militaires au son des fanfares* ».

Jeanne chercha à savoir qui était Colette. Cette dernière en fut blessée. Les informations qu'elle obtint durent la rassurer puisque, quelques mois plus tard, elle prenait en main l'organisation des festivités. Le mariage fut fixé au 15 février 1969. « *Ce serait un événement digne de la tradition familiale !* », s'était juré Jeanne.

Michel et Colette arrivèrent de Paris la veille de la célébration. Le cadeau de Jeanne et Charles les attendait dans la cour de la *Grande Maison* : une « *Renault 4L* » tout entourée de rubans. « *Quelle émotion !* se souvient Colette, *c'était notre première voiture neuve* ».

La fête dura deux jours. « *Pour la cérémonie, je portais une robe blanche, que j'avais achetée chez un grand couturier parisien* raconte-elle ; *Michel s'était fait confectionner un costume avec chemise à jabot par le tailleur des armées*». Colette, qui n'était pas sur place pour participer aux préparatifs, avait émis un seul souhait : «*voir tous nos parents et amis réunis autour d'un grand lunch*». Jeanne avait exaucé sa volonté et engagé un traiteur «*qui avait préparé une table absolument sublime avec des cochons de lait et bien d'autres bonnes choses*», se souvient encore Colette.

Michel et Colette passèrent leur nuit de noces dans la cabane au cœur de la forêt. «*Cette nuit-là, il faisait un froid de canard et les mulots avaient mangé la couverture*», rappelle-t-elle en riant.

Ils s'étaient mariés sous le régime de la communauté de biens, comme Jeanne et Charles. D'après Colette, c'est Michel qui s'était opposé à un contrat de mariage. Pour Michel, c'est son père qui en avait décidé ainsi. «*Il considérait que ce n'était pas parce que Colette arrivait sans dot qu'il fallait pour autant établir un contrat de mariage*», dit-il. Il se pourrait que Michel dise vrai. Charles n'était-il pas lui-même arrivé dans ce milieu, trente ans plus tôt, avec son seul savoir-faire d'ébéniste ? Il prouva par la suite que son bagage valait bien quelques arpents. Avait-il pris sa décision par solidarité avec sa belle-fille ?

Peu après, ils découvrirent que Colette était enceinte. Décidément, les événements se précipitaient. L'enfant naîtrait au mois d'octobre 1969. Le service militaire de Michel finissait en juillet. De graves décisions s'imposaient. D'autant qu'à Ors, la maladie de Charles s'aggravait.

Après la guerre, il avait souffert pendant des années de ses blessures à la cuisse et au bas des reins. « *Les éclats d'obus le piquaient continuellement*, témoigne Jeanne. *Pendant des années, il mangea debout ou assis sur une fesse. Aucun chirurgien n'avait pu les lui extraire parce qu'ils touchaient une artère*, ajoute-t-elle ; *et une opération aurait pu lui faire perdre la jambe* ». Charles en souffrit de moins en moins au fil du temps. Mais depuis 1967, il était à nouveau frappé par la maladie. Jeanne l'avait accompagné voir les plus grands spécialistes. Les encéphalogrammes n'avaient rien décelé. Personne ne comprenait. « *Un jour, il commença à ne plus se sentir bien du tout*, dit-elle ; *il avait de plus en plus de vertiges et mal à la tête. Il perdait l'équilibre. Il s'agrippait aux murs pour marcher. Il refusait de se servir d'une canne. Il ne pouvait plus boire de vin. Vu son âge, il considérait tout cela comme un déshonneur* ».

Finalement, Jeanne le conduisit à Bordeaux chez un neurochirurgien. Celui-ci insista pour que Charles rentrât immédiatement à l'hôpital afin de subir des examens complets de la tête. « *Cela fait vingt ans qu'il en passe*, s'insurgea Jeanne, *un de plus fera-t-il la différence ?* »

À l'époque, le scanner n'existait pas. Le chirurgien proposa à Charles de lui faire un encéphalogramme gazeux. « *Oh là là*, fit-il, *je sens que je vais chanter...* » Jeanne essaya de lui faire admettre que cet examen pourrait peut-être lui permettre d'être opéré. « *Tu tiens ta vie entre tes mains* », lui dit-elle. Il accepta finalement de s'y soumettre. Hélas, celui-ci fut un échec. « *Je l'ai retrouvé en bien triste état* », confie-t-elle. Néanmoins, elle l'encouragea, avec ses enfants, à retenter l'expérience trois semaines plus tard. Cette fois-ci, il réussit. Les médecins diagnostiquèrent une tumeur du cervelet dont l'origine remontait, une fois de plus, à la guerre.

Quand Charles avait été enseveli, le 18 mai 1940, de la terre avait pénétré si profondément dans ses oreilles qu'aucun grand professeur de médecine ne pût jamais l'en extraire. Progressivement, cette terre avait entraîné la formation d'un chapelet de kystes. Vingt ans plus tard, ils avaient tellement grossi qu'ils lui comprimaient le cerveau.

Le neurochirurgien expliqua à Jeanne et à ses enfants ce qui attendait Charles : « *si la gros-*

seur éclate, dit-il, *il est perdu ; sinon il pourrait devenir paralysé et vous seriez contrainte de le promener en fauteuil roulant*». Jeanne savait qu'il n'accepterait jamais ce qu'il estimait être une déchéance. Il ne restait qu'à tenter l'opération. Le chirurgien les implora de le laisser faire. Ils acceptèrent.

« *L'opération dura douze heures*, souffle Jeanne. *La tumeur était grosse comme un pamplemousse. Tous les précédents examens avaient porté sur le sommet du crâne. C'est pourquoi elle n'avait pu être détectée*». Charles ne connaîtrait plus jamais de vertiges, de pertes d'équilibre, de maux de tête. Il vécut encore vingt-deux ans après cela.

Malgré tout, l'opération lui avait laissé une paralysie faciale. L'un de ses yeux avait de la peine à fermer. «*Le chirurgien m'avait suggéré d'avoir recours à la chirurgie esthétique*, dit Jeanne, *mais il avait cru bon d'ajouter que la méthode n'était pas au point. Je m'en fichais bien. Ce qui comptait, c'est que mon mari fût guéri !*». Mieux, Jeanne se battit, avec ses enfants, pour lui donner le courage d'affronter ce nouveau handicap. Il avait encore terriblement souffert physiquement et moralement et il avait tendance à se replier sur lui-même. Il ne voulait plus sortir, aller à des réceptions. «T*u n'es pas responsable de ton handicap*, lui dit-elle, *c'est la* *guerre !*». Charles l'écouta et reprit goût à la vie petit à petit.

Compte tenu des circonstances, de la maladie de son père, de l'enfant à venir, Michel décida de rentrer à Ors à l'issue de son service militaire. Colette aurait pu être mutée à l'État-major de Bordeaux. Mais faire la navette entre l'île et Bordeaux n'était pas envisageable. Encore moins après la naissance du bébé. Ainsi, les dés étaient donc jetés. Elle irait, elle aussi, vivre à Ors.

Sur place, Jeanne préparait le retour au bercail de l'enfant prodigue et de sa petite famille. Elle venait de faire l'acquisition, dans le village, d'une grande villa construite par des Italiens au début du siècle. «*Je l'avais rachetée pour une bouchée de pain ou presque à une veuve qui cherchait désespérément à s'en débarrasser*», dit-elle. À la mort du mari, ses filles l'avaient convaincue de vendre la maison qui leur revenait en héritage. Sans attendre, elles s'étaient lancées dans de nouveaux investissements. Trois ans plus tard, hélas, la villa cherchait toujours preneur. Un jour, la veuve vint, en désespoir de cause, la proposer à Jeanne. « *Charles craignait qu'elle ne fût envahie par les termites*, explique Jeanne ; *la première fois, j'avais dit non*». La veuve revint à l'assaut en lui proposant de la visiter. «*Je m'aper-*

çus alors que la charpente était métallique, poursuit-elle ; *du coup, les craintes de Charles n'avaient plus lieu d'être* ». Avec son aval, elle se fit alors un plaisir de négocier l'affaire. « *La maison avait été mise à prix à 120 000 francs*, dit-elle ; *je l'ai eue pour 90 000 francs, le mobilier en sus !* »

À leur retour de la capitale, elle installa Michel et Colette dans cette jolie demeure méditerranéenne. Ils y habitent encore mais c'est Jeanne qui en reste toujours officiellement propriétaire.

Après son opération, Charles ne put jamais travailler comme avant. Pendant que Jeanne poursuivait l'exploitation avec son fils, il s'occupait du travail domestique. Il ne se contentait plus du couvert et des pluches. Il accomplissait désormais toutes les tâches ménagères : il lavait le linge, passait l'aspirateur, repassait.

Trois ans plus tard, hélas, il serait à nouveau frappé par un infarctus. « *Il était à la chasse dans le marais avec Michel lorsqu'il fut pris de malaise*, raconte Jeanne. *Heureusement, il réussit à rentrer à la maison et demanda qu'on le conduise d'urgence à l'hôpital* ». Charles bénéficia, en tout et pour tout, d'un répit de six ans. Mais à partir de 1979, il fut atteint d'un cancer.

Toutes ces années-là, Jeanne fut à ses côtés. Quand il partit se faire opérer du cerveau, en

1970, elle passa deux mois et demi à l'hôpital près de lui. Elle avait tout laissé derrière elle à Michel. Il dut ensuite fréquenter plusieurs hôpitaux de la région. Jeanne était toujours là. Comme il le lui avait demandé, elle fut près de lui jusqu'à son dernier souffle. Jeanne n'a qu'un seul regret : « *que Charles ne se soit pas éteint entouré de sa famille dans la chambre familiale, comme il l'aurait souhaité* ». Le jour de sa disparition, le 13 juillet 1992, elle avait fait venir une ambulance de l'île d'Oléron. Mais le médecin de service refusa de lui accorder une décharge. Elle ne ramena que sa dépouille à la maison. Pourquoi s'obstine-t-on encore si souvent à priver les êtres de l'intimité familiale à laquelle ils aspirent à la veille de leur grand départ ?

Charles avait pris officiellement sa retraite en 1973. Malgré tout, ils restèrent propriétaires d'une partie de leurs parcs jusqu'à l'entrée officielle en retraite de Jeanne en 1981.

Pendant ces années difficiles, Jeanne dut en outre prendre soin de son père. Il mourut en novembre 1976 à l'âge de quatre-vingt-douze ans, après quinze mois de complète paralysie. Florida était décédée vingt-quatre ans plus tôt. D'après la succession établie en 1941, Jeanne et ses frères auraient dû prendre en charge leur père à tour de rôle. Jusqu'en 1970, il habita seul dans une pièce de la *Grande Maison* où vivaient également Jean et sa famille. Le jour où il ne fut plus en mesure d'assumer son existence, Jeanne fut la seule à accepter de s'occuper de lui. Entre l'exploitation, l'ouvrier à nourrir, son mari et son père, elle croulait sous le travail. Un jour, son médecin lui dit : « *Ce n'est pas votre père qui va s'en aller, c'est vous !* ». Elle le soigna pendant cinq ans sans rechigner.

CHAPITRE 11
Colette à Ors

Mil neuf cent soixante-neuf serait un grand bouleversement pour Colette et Michel. Après leur mariage en février, ils étaient rentrés vivre à Ors en juillet. Michel avait décidé de prendre la succession de ses parents tandis que Colette s'apprêtait à mettre au monde leur premier enfant.

Pour Michel, le bouleversement était moins radical. Il allait retrouver ses parents, son île, et l'entreprise familiale. Il renouait avec son enfance. Pour Colette, les enjeux étaient tout autres. Elle abandonnait la vie de jeune femme qu'elle s'était construite et qu'elle aimait, pour suivre son mari. Elle quittait son métier, son autonomie, pour aller vivre dans un milieu inconnu. Elle ne connaissait pas encore le prix de sa décision. En arrivant à Ors, elle aurait à trouver son identité de mère, d'ostréicultrice et d'Oléronaise.

Il faut avoir vécu un changement aussi profond dans sa vie pour mesurer l'effort d'adaptation, aussi bien physique que psychologique, qui, en si peu de mois, attendait Colette. Elle avait la chance d'être une personne équilibrée et ouverte d'esprit. Elle avait aussi déjà vécu un premier déracinement en rentrant du Maroc quelques années plus tôt. Mais quelle gageure quand même ! D'autant qu'elle allait être rapidement surprise par une deuxième grossesse. « *Vingt-et-un mois plus tard, en effet, je mettais au monde mon deuxième enfant* », dit-elle.

Le petit garçon n'aurait pas dû arriver si vite. Suivant les conseils de sa belle-mère, Colette avait eu recours à la méthode Ogino. Mais ce qui avait marché pour l'une, échoua pour l'autre. « *J'avais d'abord été contrariée par cette grossesse inattendue*, confesse-t-elle. *Mais lorsque j'ai découvert que je venais de mettre au monde le premier garçon de la lignée*, poursuit-elle, *j'étais aux anges* ». Oubliée, sa colère initiale !

Michel n'assista pas aux accouchements de sa femme. « *J'ai vécu ses grossesses de très loin*, admet-il. *Aujourd'hui, c'est une expérience de couple. Il y a trente ans, c'était encore une affaire de femme* ». Globalement, il porte un regard assez critique sur sa paternité. « *J'ai été un père plutôt inexistant, qui n'a pas su s'occuper de ses enfants,* estime-t-il ; *je suis passé à côté de leur éducation. Avec le temps, ils ont pris plus d'importance pour moi. Je prends plaisir à les voir, à parler avec eux*». Pendant de longues années, il s'est senti plus attiré par sa fille. Mais, aujourd'hui, il se trouve des affinités nouvelles avec son fils. C'est un homme, comme lui.

Pendant longtemps, il n'a eu pour seules prérogatives que de leur imposer ce qui avait été formateur pour lui, comme l'internat, ou ce qui lui avait manqué dans sa jeunesse, comme la colonie de vacances et les petits boulots d'été. Il contraria toute la famille avec son obsession de la colo. « *Le jour du premier départ de notre fils, il était en pleurs* », raconte Colette qui, pas plus que l'enfant, n'avait souhaité cette séparation.

Michel est pourtant loin d'avoir été un père monstrueux. Son expérience est plus le reflet d'une génération d'hommes et de femmes dans un milieu social donné. La société ostréicole ne fait guère plus de place aujourd'hui qu'hier à un père aimant, prenant en charge les soins et l'éducation du tout-petit. La loi du 18 novembre 1997 vient tout juste de reconnaître un statut de mère aux ostréicultrices conjointes collaboratrices. On est encore bien loin du congé parental d'éducation pour les hommes.

Le rôle du père reste avant tout celui d'un chef de famille, parfois autoritaire, toujours nourricier.

« *La paternité*, estime Michel, *échappe souvent aux hommes de ce milieu parce qu'ils sont piégés par la vie de leur entreprise, elle accapare toute leur énergie. En revanche, leurs épouses, qui n'ont plus besoin aujourd'hui d'aller travailler sur les parcs en mer, consacrent plus de temps aux enfants* ».

En ce qui le concerne, ce n'est pas la pression de l'entreprise qui l'aurait empêché de s'investir davantage dans l'éducation de ses enfants. Il arrivait dans une mécanique parfaitement huilée. Bien sûr, les deux premières années furent, entre la maladie de Charles et l'épizootie, un vrai séisme. Mais très vite, les affaires repartirent de plus belle. Simplement, il ne portait pas en lui cette culture parentale. Il n'avait pas vécu de relation étroite avec son père. Devenu adulte, il a ressenti une grande complicité avec cet être pudique et peu disert. Une complicité d'hommes qui se comprennent sans se parler ni se toucher. Mais il n'avait pas en mémoire ce patrimoine affectif que les femmes transmettent de génération en génération. Il n'était pas mû par ce désir de partage et de communion avec l'enfant, quasi instinctif chez une mère.

Enfin, le moment n'était peut-être pas encore venu pour lui d'être père. Les événements s'étaient bousculés. Sans la maladie de son père, sa présence à Ors ne se serait pas imposée si vite. Il serait devenu un autre homme.

En vertu des circonstances, il était devenu ostréiculteur. *A priori*, cela avait du bon. À l'heure où il allait être papa, le salaire que ses parents lui versaient lui assurait un revenu pour nourrir sa famille. Sur un plan plus personnel, l'activité physique inhérente à ce métier lui permettait de renouer avec lui-même, de vivre son corps, de retrouver des sensations oubliées. Enfin, son retour à Ors rendait possible un rapprochement avec ses parents. En dépit de l'épizootie qui les frappa, Charles et Jeanne se réjouirent tout autant que lui de ces retrouvailles, sans jamais peut-être l'exprimer ouvertement. Ils se sentaient soutenus et savaient que la continuité de l'entreprise familiale était assurée. Tout semblait rentrer dans l'ordre.

Très vite, cependant, Michel dut sentir, en son for intérieur, que son destin ne s'arrêtait pas là. «*À peine quelques mois après mon retour à Ors*, fait-il, *j'ai été sollicité par le président du Syndicat des Ostréiculteurs Oléronais. Il vint me trouver parce que j'étais jeune et que j'avais fréquenté l'université*». Ce n'était pas si fréquent dans le milieu ostréicole. La profession avait bien besoin de nouvelles énergies pour se relever de l'épizootie de la portugaise. L'économie ostréicole était à reconstruire entièrement.

Sitôt de retour dans le cocon familial, Michel était donc à nouveau happé par le dehors. Inconsciemment, sans doute, il se laissa séduire par l'appel des sirènes. Il ne se demanda pas si sa place était aux côtés de sa femme et de sa fille. Il s'engouffra dans la brèche, sans savoir où cela le conduirait.

Michel et Colette s'étaient fondus dans leurs nouveaux rôles, dans le respect de la tradition ostréicole. À Colette, les enfants et le travail à la cabane ou sur les parcs. À Michel, le travail en mer, la gestion de l'entreprise familiale et la vie syndicale. Ils avaient trouvé un compromis tacite. Si Michel s'autorisait une activité syndicale, Colette consacrerait une bonne partie de son temps à l'éducation des enfants.

Cette situation privilégiée était rendue possible par l'acquis économique des parents de Michel mais surtout par le travail que Jeanne continuait à accomplir à la cabane. Parents et enfants y trouvaient leur compte. Chacun avait renoncé à une partie de soi-même pour accéder à ce nouvel équilibre social et économique.

Colette allait pouvoir vivre sa maternité dans de très bonnes conditions. L'ostréiculture lui permettrait de concilier plus facilement métier et éducation des enfants. « *Si j'étais restée militaire*, dit-elle, *j'aurais été obligée de les confier à une nourrice ou à une crèche* ». Elle en aurait sûrement été très malheureuse car elle avait, incontestablement, la fibre maternelle.

« *J'avais connu une enfance si heureuse*, poursuit-elle, *que je voulais transmettre à mes enfants tout l'amour que j'avais reçu* ». Au Maroc, ils avaient vécu l'isolement des émigrés, celui qui soude des liens très profonds à l'intérieur d'une famille. Pour résister à l'aliénation, on a tendance à s'aimer très fort et partager tout ce qu'on a. De plus, elle avait grandi dans un milieu très favorable à une vie familiale épanouie. Sa mère était une professionnelle de l'éducation. Son père, fonctionnaire, avait du temps disponible à consacrer à sa famille.

Colette, encore si attachée aux siens, continue de penser à sa mère matin et soir. Elle est décédée subitement d'un cancer en 1981. Elle avait tout juste soixante-quatre ans. Pour elle, ses sœurs et son père, ce fut un choc terrible. « *Maman était le pilier de la famille*, dit-elle, les yeux brillants de larmes. *Je suis persuadée qu'elle continue de veiller sur moi et qu'elle m'aide à traverser les coups durs de l'existence*», poursuit-elle. « *C'est mon ange gardien. À cinquante ans passés, je rêve encore de retrouver la chaleur de son corps, le réconfort de ses bras*».

Colette partagea avec ses enfants toute la tendresse qu'une mère peut porter en elle. Aujourd'hui, ils vivent loin d'elle. Mais à chaque fois qu'ils se retrouvent, ils prennent plaisir à se toucher, à s'embrasser, à se blottir les uns contre les autres sur le canapé. « *C'est mon côté pied noir*», pense-t-elle.

À deux ans et demi, leur fille entra en maternelle. Leur fils n'avait que quelques mois. Colette devrait encore attendre au moins deux ans avant d'être plus disponible pour aller travailler. Le jour où ils furent tous deux scolarisés à temps plein, elle calqua ses horaires de travail sur ceux de l'école. «*Je rentrais à la maison en même temps qu'eux*, dit-elle ; *les jours où ils étaient malades, je veillais sur eux. Pendant les vacances, ils venaient à la cabane avec moi*».

Les enfants grandissant, elle s'investit dans la vie associative pour mieux les accompagner. Elle devint présidente de l'Association de Parents d'Élèves. Quand son fils atteignit l'âge d'entrer en maternelle, elle se battit pour obtenir l'ouverture d'une nouvelle classe. Les ostréicultrices, sans statut propre, n'étaient pas officiellement considérées comme des femmes actives. «*La direction de l'école refusait donc d'accepter nos enfants*, explique Colette; *j'ai rassemblé les femmes du village pour aller manifester devant les grilles de l'école jusqu'à l'ouverture d'une classe supplémentaire. Elle est toujours là*».

Depuis ce jour, elle suivit leur éducation pas à pas. C'est elle qui choisit le lycée qu'ils fréquenteraient. C'est elle encore qui s'occupa de leur trouver un appartement à Bordeaux lorsqu'ils furent en âge d'entrer à l'université. Elle eut le sentiment d'avoir accompli honorablement sa tâche de mère lorsque, son agrégation en poche, son fils vint l'embrasser et lui dit: «*maman, je voudrais te remercier. C'est grâce à toi qu'on a réussi. Tu nous as beaucoup aidés*». Elle pouvait être fière d'elle. Michel reconnaît aussi qu'elle a accompli son rôle d'éducatrice avec amour, en donnant le meilleur d'elle-même. «*Les gosses sont sains, équilibrés, épanouis. Elle a donc bien fait les choses*», dit-il.

Colette commença son apprentissage à la cabane après la naissance de sa fille. C'est Jeanne qui lui apprit le métier. Progressivement, elle l'amena à répéter les gestes traditionnels de l'ostréiculture: le détroquage avec la démanchoire, le tri des huîtres, l'enfilage des cordées de coquilles pour le captage, etc. « *Quand les enfants ont été plus grands, j'ai également beaucoup travaillé sur les parcs en mer avec Michel, pratiquement jusqu'à son élection au Conseil général en 1994* », dit-elle. Pendant qu'ils retournaient les poches ou les chargeaient sur le bateau, Jeanne, à la cabane, détroquait avec une employée. Colette reprenait à travailler avec elles à leur retour. Après son élection, Michel embaucha un ouvrier pour l'accompagner en mer tandis que Colette restait travailler à la cabane à temps plein.

Très vite, Colette comprit que ce métier ne serait jamais sa tasse de thé. Mais l'ostréiculture est encore aujourd'hui une activité familiale. Elle n'avait donc plus le choix. Michel lui reprocha parfois de ne pas mettre autant d'ardeur à l'ouvrage que d'autres jeunes femmes du chenal. « *Je sais qu'elle n'a pas aimé ce métier* », concède-t-il. « *La transition d'avec son ancien statut fut d'autant plus difficile qu'elle n'a jamais joui de véritables responsabilités dans l'ostréiculture. Elle est longtemps restée sous la tutelle de ma mère* ». Les deux femmes ont beaucoup d'estime l'une pour l'autre et s'entendent bien mais cela n'a pas empêché Colette d'étouffer souvent sa frustration.

Professionnellement, elle a eu le sentiment de régresser dès son arrivée à Ors. Jeanne reconnaît qu'il n'est pas facile de s'adapter à l'ostréiculture. « *Quand on est habituée à travailler dans un bureau, à porter du rouge aux ongles, à être bien coiffée et habillée, c'est dur de venir se plonger dans la mouscaille. Ici, l'uniforme c'est le pantalon, la chemise et le pull-over.* »

D'après elle, les trois-quarts des ostréicultrices du village sont des filles de cultivateurs du fond de l'île, de La Cotinière ou de la Chef-Maillère. Lorsqu'elles sont arrivées dans leur milieu d'adoption, elles n'ont pas toujours trouvé la compréhension nécessaire à leur adaptation. « *On ne compte plus celles qui se sont fâchées avec leurs beaux-parents* », dit-elle. Beaucoup ont pris la poudre d'escampette parce que ceux-ci les obligeaient à venir travailler à la cabane. Jeanne estime avoir su arrondir les angles, ne jamais avoir obligé Colette à venir travailler.

Par ailleurs, en renonçant à son métier de militaire, elle renonça aussi à une identité et à un statut propre. Elle aurait pu bénéficier du statut de marin professionnel. Mais lorsqu'ils se sont installés à Ors, en 1969, Michel était salarié de ses parents. Enceinte de leur premier enfant, elle devint ayant droit. Suivit l'épizootie qui extermina la portugaise. L'effort de reconstruction des entreprises n'était guère propice à l'investissement dans des assurances sociales.

Du reste, Colette mettrait bientôt au monde leur deuxième enfant et serait encore retenue à la maison quelque temps pour s'occuper d'eux. Lorsqu'elle commença à travailler à temps plein dans l'entreprise, elle aurait pu réclamer à son mari de cotiser pour elle à l'Enim. De même, en 1983, elle aurait pu demander à opter pour le régime de la codétention. « *J'ai été membre de l'Association Professionnelle des Conchylicultrices du Bassin de Marennes-Oléron (APCBMO) à sa création en 1983*, dit Colette, *mais je m'en suis retirée avant qu'elles n'obtiennent le statut de conjoint-collaborateur* ». Elle préféra trouver un compromis avec Michel. Elle renonça à une identité sociale propre mais tint à ce qu'il lui versât chaque mois, sur un compte à elle, une somme pour couvrir ses besoins personnels. « *Je n'avais pas envie d'avoir à lui réclamer de l'argent pour aller chez le coiffeur chaque fois que j'en avais envie* », dit-elle.

Aujourd'hui, elle regrette de ne pas avoir cotisé. Si elle avait continué son métier de militaire, elle aurait une retraite conséquente d'ici quelques années. En lieu et place, elle est entièrement dépendante de son mari et de sa bellemère. Les parcs, les cabanes et le bateau sont au nom de Michel, concessionnaire en titre du domaine public maritime. Jeanne reste officiellement propriétaire de leur maison d'habitation. Heureusement, ils se sont mariés sous le régime de la communauté. En cas de problème majeur, elle ne perdrait donc pas tous les biens qu'elle a contribué à mettre en valeur depuis trente ans.

Jeanne est la première à regretter de ne pas avoir poussé sa belle-fille à cotiser. « *Elle aurait au moins pu avoir une retraite proportionnelle* », dit-elle. À la lumière de son expérience, Jeanne considère en effet aujourd'hui qu'une retraite vaut mieux qu'un capital à la banque. « *L'argent, une fois dépensé, ne revient plus, tandis qu'une pension est versée chaque trimestre* ».

Au fil des ans, Colette devint une bonne professionnelle mais n'aura jamais la passion de sa belle-mère. « *Ce n'est pas moi qui, à votre âge, continuerai à aller dans la vase* », lui dit-elle souvent. Elle attend plutôt l'heure de la retraite pour retrouver des activités qu'elle a abandonnées il y a fort longtemps. « *J'aimerais encore apprendre l'anglais, voyager, aller au théâtre, à l'opéra, chiner et découvrir la peinture, m'investir dans la vie associative ou aider les personnes âgées* ». Tout un programme pour une existence bien active.

CHAPITRE 12
Des parcs au conseil général

Michel commença son métier comme matelot. Il fut embarqué sur le rôle d'équipage de son père. Il ne resta salarié de son père que deux ans. Le temps de passer son brevet de capacité pour devenir son propre patron et pouvoir conduire son bateau. «*Il n'y avait pas de formation continue en ostréiculture en ce temps-là,* explique-t-il; *on suivait des cours à huit, dix ou quinze, dans une salle aménagée pour notre enseignement*». Ce fut le dernier examen de son existence. «*J'ai passé brillamment les épreuves de connaissances théoriques et de calculs de carte,* affirme-t-il *avec le sourire; mais je reconnais que le niveau d'exigence, pour accéder à la profession, était moins élevé qu'aujourd'hui*», dit-il avec modestie. Depuis le décret du 14 septembre 1987, en effet, tout demandeur de concession doit justifier d'un titre de formation équivalent au BEP ou d'une expérience professionnelle, et suivre des stages de formation permanente en cultures marines.

Ses parents lui léguèrent ensuite une bonne partie de l'exploitation. « *Officiellement, je n'étais propriétaire que de la superficie minimale d'exploitation de trente-cinq ares*, dit-il ; *c'est une pratique courante en ostréiculture pour pouvoir, éventuellement, obtenir à titre prioritaire de nouvelles concessions* ». Les ostréiculteurs ont ainsi souvent utilisé la combine pour avoir de nouveaux parcs alors qu'ils bénéficiaient déjà de surfaces d'élevage importantes. Michel n'en a jamais eu besoin.

« *Ma première tâche a consisté à reconstruire l'élevage familial après l'épizootie*, dit-il. *Comme mes parents, je n'avais pas cru que les mortalités de l'été 1969 entraîneraient l'éradication définitive de l'huître portugaise. Aussi, avais-je réensemencé les parcs avec la même espèce pour la campagne suivante* ». Quel ne fut pas son désarroi, lorsque, à l'été 1970, il ne retrouva plus que des coquilles vides ! « *Ce fut ma première erreur professionnelle* », estime-t-il. Comment aurait-il pu savoir ? L'avenir aurait pu tout aussi bien lui donner raison. Après tout, les ostréiculteurs ne changent pas d'espèce à chaque fois qu'il y a des mortalités dans le bassin !

Du reste, il n'était pas le seul à observer le *statu quo*. Jusqu'à l'épizootie, seulement un ostréiculteur sur cinq estimait que l'huître japonaise pourrait bien être la solution de l'avenir[61]. Les éleveurs étaient les plus hostiles à son implantation. Pendant toutes les années 1960, ils s'étaient opposés à l'importation d'huîtres étrangères dont ils craignaient la concurrence. Leur position n'était pas dénuée d'égoïsme puisqu'ils étaient les seuls à gagner encore de l'argent en cette période de crise.

« *On a donc perdu deux ans*, poursuit Michel ; *deux années pendant lesquelles ceux qui avaient parié sur la gigas se remplirent les poches* ». La rareté des huîtres avait provoqué une flambée des cours. Dans le bassin, les stocks en élevage étaient tombés de 100 000 à 25 000 tonnes.

En quatre ans, à partir de 1971, il reconstitua son élevage. Il se donna alors pour objectif de maintenir l'entreprise au niveau d'activité auquel ses parents la lui avaient léguée. « *Je ne savais rien ou presque en entrant dans le métier*, dit-il ; *mon père, malade, n'avait guère eu le temps de me l'apprendre* ».

Par ailleurs, il avoue n'avoir jamais eu l'ambition de faire prospérer l'entreprise familiale. « *J'ai souvent pensé qu'un héritage était plus un handicap qu'autre chose*, dit-il. *Quelle pierre peut-on encore apporter au moulin ?* » Pour avoir

61. Riand 1971 : 194.

le sentiment de se réaliser, il faut pouvoir exprimer ce à quoi l'on croit à travers un objet, un outil, une entreprise. Mais quand elle n'était pas à l'hôpital avec Charles, Jeanne était toujours là, fidèle au poste. Qui était le vrai maître à bord ? La délimitation des rôles n'était peut-être pas toujours évidente. Et puis, dès ses débuts, l'activité se présenta sous un mauvais jour économique. Entre 1973 et 1983 seulement, 1 100 ostréiculteurs furent éliminés de la profession. Ce sont peut-être toutes ces raisons qui l'ont poussé à se construire ailleurs.

« *Au niveau de l'entreprise*, dit Michel, *j'ai fait mon devoir. J'ai commencé par acheter un radeau en aluminium. Jusqu'à présent, j'avais utilisé la plate en bois de mes parents, l'Andoche. C'était notre premier radeau à moteur sans cabine. Elle n'était plus toute neuve et avait tendance à prendre l'eau*, ajoute-t-il ; *un jour que Colette était à bord, elle coula. Elle eut très peur et refusa de remonter dessus* ».

Michel alla donc commander l'un de ces chalands métalliques équipés de puissants moteurs hors-bord, qui ont révolutionné l'ostréiculture des années 1980. Des caisses plates de sept à huit mètres de long sur deux mètres quatre-vingts à trois mètres de large, surmontées de cabines de pilotage, qui peuvent se déplacer dans des eaux peu profondes et transporter de lourdes charges. Elles sont plus stables que les embarcations traditionnelles et plus rapides aussi, grâce à des moteurs toujours plus performants. Les ostréiculteurs du bassin de Marennes-Oléron, installés au bord des chenaux les plus éloignés, ont parfois jusqu'à deux heures de route entre la Seudre et leurs parcs au Nord du bassin. Ces bateaux ont bien allégé leur tâche. Enfin, leurs coques à fond plat et sans rebord ont facilité la manipulation des mannes.

Michel innova. « *Je fus, avec un autre ostréiculteur, le premier à faire construire la proue du bateau en forme de porte-avion. C'était une fausse bonne idée*, confie Michel ; *ça poussait un peu trop l'eau à pleine charge* ». Conformément à la tradition ostréicole, il donna à cette embarcation le nom de l'un de ses enfants.

À partir de 1973, la situation ostréicole recommença à se dégrader dans le bassin. La crise du pétrole bouleversait toute l'économie française. Les huîtres de Marennes-Oléron se trouvaient en concurrence avec celles des nouveaux bassins d'élevage produisant à plus faible coût. Les prix commencèrent à s'effondrer. Entre 1973 et 1979, ils chutèrent de près de moitié à l'élevage, passant de 7 F à 4,50 F du kilo en moyenne. « *On a été trahis par les Bretons et les*

Normands», pense Jeanne. Le rapport de force jouait désormais en la défaveur des éleveurs charentais.

Cette baisse allait à nouveau les obliger à entrer dans le cercle vicieux de la surcharge et de la surproduction. Les éleveurs se mirent, en particulier, à développer le captage pour les autres bassins qui en étaient demandeurs. La surcharge du bassin en jeunes huîtres, dont la forte croissance réclame une abondante nourriture, se traduisit rapidement par un rallongement du cycle de production. « *On est passé de trois auparavant à quatre ans au début des années 1980*», dit Michel.

Au niveau de la commercialisation, la chute des prix amena un nombre croissant d'éleveurs à se tourner vers la vente directe à partir de 1973. Recette des temps de crise, elle allait à nouveau connaître un grand succès. Pris à la gorge par les courtiers et les expéditeurs, les éleveurs n'avaient d'autre solution que de commercialiser eux-mêmes leur production pour survivre.

«*J'aurais pu, moi aussi, me tourner vers la vente directe pour accroître mes bénéfices*», explique Michel. Il n'y fut pas contraint en raison de la taille déjà importante de l'entreprise familiale. «*Mes parents, qui avaient essayé de se lancer dans l'expédition au début de leur carrière, me mirent en garde contre ses exigences. J'aurais été obligé de quitter le bassin trois ou quatre jours par semaine. Ce qui ne m'aurait plus laissé le temps de mener mon activité syndicale. J'ai donc préféré m'en tenir à l'élevage*».

Toutefois, il devait accroître la productivité de son exploitation pour maintenir son niveau de rentabilité. «*Acheter de nouveaux équipements ne me paraissait pas le meilleur moyen d'y arriver*, dit-il; *je me disais qu'investir dans des bâtiments à échelle industrielle et de nouvelles machines ne serait pas rentable à long terme. La seule stratégie qui s'imposait à moi, c'était d'acheter de nouveaux parcs, mieux adaptés à l'élevage en surélevé, pour remplacer les parcs à plat qui me venaient de mes parents et mes grands-parents*». Il n'adopterait, en fait, pas d'autre stratégie que celle déjà utilisée par ses parents dans les années 1950. Agrandir son exploitation d'élevage pour compenser le manque à gagner dû à la chute des prix.

L'occasion d'acheter de bons terrains se présenta. En trente ans, il en acquit deux hectares supplémentaires, augmentant ainsi la superficie de l'exploitation familiale d'un tiers. À Marennes-Oléron, la superficie maximale d'exploitation est de huit hectares. La surface minimale, d'un hectare et demi. Avec plus de six hectares, l'exploitation d'élevage de Michel et Colette continue de faire partie des plus importantes du bassin. « *À cinq, nous produisons, bon an mal an, entre 45 et 50 tonnes d'huîtres* », dit-il.

Il racheta aussi des claires. « *Oh, pas avec l'intention d'affiner des huîtres!* s'exclame-t-il, *il y avait bien longtemps que les prix de vente ne rendaient plus cette activité rentable pour les éleveurs du bassin* ». Les claires qui, jadis, avaient été cultivées sur quelque 3 500 hectares de marais, étaient de plus en plus laissées en friche. En quinze ans, plus du tiers d'entre elles avaient été abandonnées.

Le gouvernement avait décidé, dès 1977, l'élaboration d'un schéma directeur national pour le développement de l'aquaculture et de la conchyliculture. Cela donna notamment lieu, au début des années 1980, a une politique de développement de l'élevage de la palourde et de la crevette pénéide en Poitou-Charentes. « *Dans l'île d'Oléron, une volonté politique très forte s'était fait jour en faveur de ces nouvelles activités*, dit Michel ; *c'était le maire du Château qui présidait l'Association pour le Développement de l'Aquaculture dans le Centre-Ouest* ».

En 1987, la production de palourdes atteindrait 570 tonnes sur 300 hectares de concessions. Hélas, dès l'année suivante, la maladie de l'anneau brun, puis des récoltes pléthoriques de palourdes de pêche, compromettraient le développement de la vénériculture[62]. La crevette pénéide continue d'être cultivée dans le marais charentais. Mais la production de ce crustacé haut de gamme reste confidentielle.

«*J'avais décidé de me tourner vers l'aquaculture*[63], raconte Michel ; *j'avais racheté deux hectares de claires, qui avaient autrefois appartenu à la famille, pour me lancer dans l'élevage de crevettes*». Rompant avec l'esprit de son père, il avait emprunté de l'argent à la banque pour financer leur réaménagement. «*J'ai été l'un des premiers à faire des expérimentations*, poursuit-il ; *mais très vite, j'ai jugé que cela ne valait pas la peine et j'ai abandonné*».

Michel aurait pu, comme d'autres, partir élever des huîtres en Bretagne ou en Normandie. Aux jeunes ostréiculteurs, qui s'étaient expatriés en baie de Bourgneuf ou plus au nord[64] dès la fin de la seconde guerre mondiale, succéda une seconde vague de migrants. La crise de la portugaise les poussa à s'implanter en Bretagne

62. Élevage de la palourde.

63. L'aquaculture se différencie de la conchyliculture traditionnelle en milieu naturel par une intervention de l'homme en milieu contrôlé et fermé, d'un bout à l'autre du cycle biologique.

64. Des mytiliculteurs de la Baie de l'Aiguillon étaient partis s'installer au Vivier-sur-Mer, dans la baie du Mont-Saint-Michel. Ils y plantèrent les premiers bouchots en 1958.

et en Normandie. Les jeunes ostréiculteurs de la Seudre, de Marennes et de Port-des-Barques furent les premiers à partir élever leurs huîtres ailleurs parce qu'ils n'avaient pas de bons parcs sur place. Fouras et Port-des-Barques n'avaient longtemps été qu'un secteur de captage, et la Seudre le haut lieu de l'affinage. Les Oléronais étaient les mieux lotis pour l'élevage.

À l'époque, le littoral de Bretagne et de Normandie était quasiment vierge. Dans les années 1880, les Bretons avaient refusé l'introduction de la portugaise sur leur territoire. Le décret officiel d'interdiction n'intervint que quarante ans plus tard, alors que la plate venait d'être en grande partie décimée par l'épizootie. Et encore, elle ne frappait que le nord de la Vilaine !

Il fallait qu'ils n'eussent plus aucun espoir de restaurer l'élevage de l'huître indigène pour accepter, en 1956, des essais sur la portugaise. Le premier arrêté officiel en autorisant l'élevage date du 12 juillet 1959. L'apparition de deux maladies sur la plate, le *marteilia*[65] et le *bonamia*[66], en 1968 et 1980 respectivement, les amena définitivement ou presque à changer d'espèce.

65. Le *Marteilia refringens* est apparu pour la première fois dans les Abers bretons en 1968. La maladie, provoquée par un parasite de la glande digestive, s'est étendue rapidement, entraînant des taux de mortalité de 70 à 90 % des cheptels.
66. Ce parasite tue les huîtres avant l'âge de la maturité.

La seconde vague de migrants charentais avait d'abord cherché à sauver ses huîtres de l'épizootie. Mais, trouvant sur place des conditions favorables à l'élevage, ils restèrent plus longtemps. Certains s'associèrent avec des producteurs locaux. D'autres acquirent leurs propres parcs et installèrent un fils sur place.

« *Un ami m'avait offert l'un de ses parcs en Normandie*, raconte Michel ; *j'y ai mis des huîtres en élevage pendant deux ans. Mais je me sentais tellement gêné que je n'ai pas renouvelé l'opération*, confie-t-il. *J'avais l'impression de violer mon âme. Je voulais impérativement rester à Oléron. Était-ce pure vanité ?* », s'interroge-t-il encore. « *Je me sentais attaché à mes racines. Je n'ai jamais aimé l'opportunisme de certains Charentais qui n'hésitent pas à poser sac à terre quand la situation leur est favorable et qui plient bagage le jour où elle ne l'est plus* ».

Partir, n'était-ce pas, finalement, fuir les problèmes ? Michel avait décidé de se battre pour la profession. Son ascension dans le milieu syndical serait fulgurante. Il entra au bureau de la section régionale conchylicole de Marennes-Oléron dès 1973. C'était sous la présidence de Pierre Grolleau. « *Le premier responsable syndical à organiser l'instance professionnelle régionale, à la doter d'un toit, de services administratifs et d'un directeur* », souligne-t-il.

Avec lui, ils s'attaquèrent à l'Opération Résur. Ils travaillèrent également à l'établissement d'une nouvelle convention collective des salariés et à la mise en place d'une norme AFNOR pour réglementer les différentes productions d'huîtres françaises et faciliter leur commercialisation.

Michel resterait au bureau de la section régionale jusqu'à sa dissolution en 1977. Il passerait alors dans l'opposition sous la présidence de M. Yonneau puis de M. Godillot avant de réapparaître comme vice-président, sous celle de Gabriel Archambeau en 1982 puis sous celle de Bernard Laugraud en 1988. Il quitterait définitivement l'instance professionnelle en 1994.

Pour Michel, le syndicalisme fut une belle aventure à deux pas de sa porte. À la section régionale, il devint vite l'ardent défenseur de tous les éleveurs de Marennes-Oléron. «*Au départ*, dit-il, *j'étais le seul représentant de l'élevage parmi les sept ou huit expéditeurs du bureau. J'estimais qu'on devait pouvoir vivre décemment en élevant des huîtres*, dit-il. *Je me suis toujours battu pour préserver une activité familiale, artisanale, à l'échelle de la cabane. J'ai toujours considéré que, dans une économie libérale, l'exploitation familiale est celle qui constitue le meilleur schéma d'entreprise parce qu'elle associe dynamisme, souplesse, à une limitation des coûts. Quand tout va mal, on peut se serrer la ceinture, limiter les charges. Dans une entreprise plus structurée, c'est plus difficile*».

Il fit partie de ceux qui s'attachèrent à revaloriser la commercialisation de l'huître verte, affinée en claire, qui avait été l'apanage de Marennes-Oléron. Il participa à la mise en place, en 1989, d'un label rouge «*Fines de claires de Marennes-Oléron*». «*Ça a été un bon coup de pub pour Marennes-Oléron*», admet-il. Mais dix ans plus tard, il considère, avec regret, que c'est un échec: une quarantaine d'éleveurs seulement produisent quelque 150 tonnes d'huîtres sous ce label. «*Les ostréiculteurs en portent la responsabilité*, dit-il; *ils ont l'habitude de brasser des tonnages importants. Ils n'arrivent pas à concevoir qu'on puisse commercialiser un tonnage limité à un prix très élevé. Tant qu'ils s'obstineront à vouloir vendre 60 000 tonnes d'huîtres sous l'appellation Marennes-Oléron, ils n'y arriveront pas*». Pour lui, la solution repose sur une segmentation du marché à partir de qualités d'huîtres dûment identifiées.

Il a encore été de ceux qui ont soutenu la mise en place d'une organisation de producteurs. Depuis 1990, elle a, comme son nom l'indique, pour mission d'organiser collectivement l'élevage pour parvenir, à terme, à imposer une généralisation de l'affinage. Hélas, elle ne comptait, encore en 1996, que 150 adhérents dont la moitié d'expéditeurs, un nombre trop faible pour avoir un impact réel sur la situation.

Enfin, une autre cause qui lui tenait à cœur était celle de la formation. Dans ce domaine, Michel participa à la création du lycée de la mer de Bourcefranc en 1989.

Hélas, son acharnement, pas plus que celui des autres élus de la section régionale, n'a réussi à endiguer l'hémorragie humaine que subit encore l'ostréiculture de Marennes-Oléron. Le bassin ne produit plus aujourd'hui que 35 000 des 60 000 tonnes vendues sous l'appellation Marennes-Oléron. Les superficies en exploitation sur le domaine public maritime se réduisent d'année en année. De 2 896 hectares en 1990, elles sont tombées à 2 484 hectares aujourd'hui. « *Les élevages se concentrent sur les zones les plus productives tandis que d'autres sont laissées à l'abandon. Cela pose des problèmes de surcharge par endroits, d'envasement en d'autres* », dit Michel.

Les mesures prises par les sections régionales successives depuis vingt ans, avec le soutien des pouvoirs publics locaux et régionaux, n'ont pas été suffisamment suivies par les ostréiculteurs eux-mêmes pour avancer aussi vite qu'il aurait fallu pour sauver le maximum d'emplois. Il est souvent fait aux ostréiculteurs le même reproche qu'un siècle et demi plus tôt Le Terme adressait aux sauniers de cette région : celui de leur individualisme.

Jeanne est la première à abonder dans ce sens. « *Ils sont jaloux les uns des autres, y compris à l'intérieur de leurs familles. C'est au plus fort la poche* » souligne-t-elle. « *Si ça continue comme ça dans le métier, il ne va plus y avoir grand monde*, poursuit-elle. *On produira des huîtres de façon industrielle mais elles ne seront sans doute pas d'une grande qualité* ».

Ce jour-là, Michel n'exercera sans doute plus le métier. Il sera à la retraite d'ici quelques années. La question qui va se poser à lui est celle de son patrimoine. Légalement, en vertu du décret de 1983, un ostréiculteur ne peut garder ses concessions sur le domaine public maritime au-delà de trois ans après la cessation de son activité. Son fils, diplômé de l'agrégation, veut devenir expert-comptable. Sa fille songe à ouvrir un hôtel-restaurant dans la région. À moins qu'ils ne changent d'avis, il n'aura pas de successeur direct. « *Ça me préoccupe, bien entendu*, dit-il ; *j'aurais aimé leur transmettre les concessions acquises par la famille depuis trois générations. Je n'ai guère envie de voir notre entreprise mor-*

celée, divisée». Cette idée est peut-être encore plus désagréable à sa mère qui, jusqu'à ce jour, a beaucoup vécu pour son travail. «*Je croyais avoir réglé le problème il y a trente ans*, dit-elle ; *le voilà à nouveau posé*».

Que fera Michel de ses parcs, de ses claires, de ses cabanes ? Du temps de ses parents, les concessions s'arrachaient à prix d'or. Aujourd'hui, il n'y a plus personne pour investir. « *Celui qui est à la retraite et qui veut vendre son exploitation ne trouve personne pour la reprendre*, dit Jeanne ; *un jeune ne peut pas acheter une exploitation. Ce n'est pas rentable. Il se contente de ce qu'il a et essaie de s'en sortir en faisant les marchés*». Dans la profession, le ratio des départs et entrées est de quatre pour un. La section régionale poursuit une politique volontariste pour faciliter l'intégration des jeunes.

La question du patrimoine ostréicole se pose à Michel, à la fois sur le plan familial mais aussi collectif. En effet, il est aujourd'hui vice-président du Conseil général. Son engagement syndical l'a conduit à être sollicité pour d'autres fonctions publiques. Il représenta pendant neuf ans sa profession au Comité Économique et Social de Poitou-Charentes. «*Pour moi, ce fut une expérience riche d'enseignements et de rencontres*», dit Michel. Regroupant à parité monde syndical et patronal, cet organisme consultatif prépare, par ses travaux de réflexion, la politique économique et sociale de la Région.

Pendant ces années-là, il fit également son entrée au conseil municipal du Château-d'Oléron. « *J'ai été élu durant trois mandats successifs sur la liste du Radical de gauche Claude Jousseaume,* dit-il. *La première fois, comme simple conseiller. La deuxième, comme cinquième adjoint, responsable du développement économique, du tourisme et de l'ostréiculture. La troisième, comme premier adjoint* ».

Depuis octobre 1997, il est le premier magistrat de la commune. En septembre 1994, il a été élu conseiller général du canton sud de l'île. Enfin, nommé en avril 1998 vice-président du conseil général, il a été élu président de la commission patrimoine nature. Celle-ci a été créée en vue de valoriser le patrimoine local et l'environnement par l'aménagement des espaces naturels. Il pourrait être amené, dans ce cadre, à participer à la décision du devenir des cabanes ostréicoles traditionnelles qui perdent aujourd'hui leur vocation économique, mais également de tout le patrimoine ostréicole de Marennes-Oléron.

Symbole de l'entreprise familiale aujourd'hui menacée, les cabanes sont désertées par les professionnels de l'ostréiculture. En revanche, elles sont fortement convoitées par les touristes qui cherchent à les transformer en résidences secondaires. Une telle utilisation, actuellement interdite par la loi, entraînerait un mitage du domaine public maritime qui pourrait nuire à la qualité des eaux littorales nécessaire à l'ostréiculture.

À travers sa réussite politique se dessine l'étoffe d'un homme qui s'est finalement trouvé. La vie collective lui a permis de mettre un terme à de longues années de douloureuse solitude. Même si l'ostréiculture est une activité familiale, elle reste un métier d'indépendant, de solitaire. Michel l'est resté jusqu'à trente-cinq ou quarante ans. «*J'ai mis vingt ans*, pense-t-il, *à me faire aimer, à être reconnu comme un ostréiculteur à part entière*». Il se sait en partie responsable de l'exclusion sociale qu'il a vécue. «*Quand j'étais nouveau venu dans la profession, les chalands à fond plat n'existaient pas encore*, raconte-t-il; *quand on allait à la marée, on attendait que le flot soit complètement descendu pour charger les bateaux. Pendant ce temps, les hommes se regroupaient pour discuter. Inconsciemment*, fait Michel, *je les snobais en allant m'asseoir dans un coin pour lire Le Monde. Ici, on lit Le Littoral ou Sud-Ouest!*». Il n'avait pas encore quitté sa peau d'étudiant. « *On n'arrivait pas à se comprendre*, ajoute-t-il, *ça me peinait beaucoup* ».

Progressivement, cependant, il s'est mis à accepter le contact des autres, à discuter. Aujourd'hui, il s'exprime avec une remarquable facilité. Il a intériorisé l'aisance relationnelle qui lui avait tant plu en Colette quand ils se sont rencontrés. Curieusement, ce serait plutôt elle qui serait devenue extrêmement discrète. Depuis une dizaine d'années, c'est comme si, entre eux, les rôles s'étaient inversés.

Colette ne partage pas sa vie politique. Elle vient d'une famille de gauche. Une appartenance qui tient sans doute à la profession de ses parents, à leur culture familiale. « *Mon père a toujours été socialiste*, dit-elle ; *j'estime que mes parents étaient des gens intelligents et instruits et que leurs idées étaient et sont encore respectables. Mais je sais que ma belle-famille a toujours été de droite. Je reste en retrait parce que je n'aime pas les conflits et que je ne veux pas nuire à la carrière de mon mari* ». Cela ne l'empêche pas d'avoir ses propres opinions. Mais pour ne pas le gêner dans ses fonctions, elle se contente d'être une épouse honorable. « *Je m'habille convenablement pour me rendre aux cérémonies officielles auxquelles je suis conviée et je m'en tiens aux mondanités d'usage* ».

Toutefois, depuis que les enfants ont quitté la maison et que son mari est accaparé par ses activités politiques, elle se retrouve bien seule. Elle sait que le temps est venu pour elle de s'investir dans un nouvel espace social qui lui permettra d'exprimer sa personnalité. Elle a déjà prouvé qu'elle était capable d'action.

Michel, quant à lui, mène son équipe municipale. « *J'aime réfléchir avec mes conseillers sur la vie communale et j'apprécie leur soutien* », confie-t-il. Il n'a pas été ce leader d'hommes qu'une carrière militaire lui aurait permis d'être. Mais il est le patron de son village. Il n'a pas été non plus ce grand reporter, témoin de l'Histoire en marche, qu'il avait rêvé d'être. Il a fait mieux. Il est dans l'action même.

Son grand-père Louis serait sûrement très fier de lui aujourd'hui. Lui aussi s'était engagé dans la vie syndicale dès 1927 avant de devenir conseiller municipal. Il avait été élu, puis réélu, sur la liste radicale et radicale-socialiste de Jules Vitet les 12 mai 1929 et 19 mai 1935. Il resta membre du conseil jusqu'à son remplacement, le 1er mai 1945, par une délégation spéciale du haut commandement militaire au Château-d'Oléron.

À son époque, les principales préoccupations du conseil municipal dans le domaine ostréicole consistaient dans l'électrification des cabanes et l'établissement d'un dépôt d'essence sous douane sur le chenal d'Ors, l'agrandissement du port du Château-d'Oléron, ou encore la création d'un cours professionnel maritime.

Comme son grand-père, Michel est radical. Mais alors que le premier faisait partie des forces de Gauche, il a opté pour la Droite. « *Je suis resté longtemps indépendant*, affirme-t-il, *mais mes nouvelles responsabilités au sein du Conseil général m'ont amené à clarifier ma position vis-à-vis de mes électeurs et des autres élus. J'ai choisi le parti radical parce que c'est, à mes yeux, le parti de la tolérance et de l'humanisme, celui qui donne la priorité à l'homme* ».

Jeanne, quant à elle, est aux anges. Depuis trente ans, elle garde près d'elle ce fils tant aimé qu'elle avait cru un jour perdu. Elle est aussi fière de sa réussite politique. Michel incarne l'ascension, au rang des notables, de toute cette lignée qui, pendant des siècles, a travaillé d'arrache-pied pour accéder d'abord à la propriété, synonyme de dignité humaine, puis au pouvoir. La maison que Michel et Colette viennent d'acquérir sur la place du Château-d'Oléron, au cœur même de la petite cité, est le symbole même de cette nouvelle ascension sociale. Jeanne ne regrette qu'une seule chose : « *que Charles ne soit plus là pour partager sa réussite* ».

CHAPITRE 13
L'oiseau bleu

En 1981, Jeanne se sépara définitivement de ses parcs mais n'arrêta pas pour autant de travailler avec son fils et sa belle-fille. Charles, à la maison, continuait à s'occuper des tâches ménagères. En 1979, ils avaient décidé de se faire construire un pavillon moderne juste en face du domicile de leurs enfants.

L'occasion d'acheter un nouveau lopin de terre, avec son carré de vigne, se présentait. Il y aurait tout juste l'espace d'y construire un séjour, deux chambres et une cuisine dans le sens de la largeur. Ils n'en avaient pas réellement besoin puisque la maison de l'ancienne Vannerie Jouve était à quelques centaines de mètres de là. C'était plus un moyen de se faire plaisir, d'être encore plus près de leurs enfants. Ils n'auraient plus que la route à traverser pour être ensemble.

C'était aussi une façon de placer leurs économies. Puisque Jeanne n'avait pas de pension de retraite personnelle, elle pourrait toujours se procurer un revenu supplémentaire en louant ses biens immobiliers. L'idée était excellente car, depuis le décès de Charles, ses revenus ont effectivement sérieusement baissé. Comme beaucoup d'autres femmes, son niveau de vie a chuté depuis qu'elle est devenue veuve. «*À sa disparition*, dit-elle, *sa pension d'invalidité m'a été supprimée. Pour que je continue à la percevoir, il aurait fallu qu'il soit reconnu invalide à 60 %. Il ne l'était qu'à 55 %. J'ignorais tout de cette réglementation*», fait-elle, encore pleine de colère à l'idée d'avoir été le dindon de la farce. Elle ne bénéficie donc plus aujourd'hui que d'une pension de réversion de 3 500 francs par mois. «*À manger comme tu manges, ta retraite ne va pas loin!*» la taquine souvent une de ses nièces.

Au départ, Charles ne tenait pas à ce nouvel investissement. Jeanne finit par le convaincre en acceptant de faire construire une cheminée dans la maison. «*J'avais toujours refusé d'en avoir une à cause de la poussière qui entraînerait un surcroît de ménage*», dit-elle. Cette fois-ci, elle ne rechigna pas. Ainsi, Charles l'accueillit-il chaque soir, à son retour de la cabane, par une bonne flambée. Depuis son décès, la cheminée est restée muette.

Ils s'installèrent dans leur nouvel antre en 1981. Jeanne continue d'y passer tous ses hivers.

Mais dès que revient la belle saison, elle loue sa demeure à des touristes et s'en vient passer l'été dans la maison de l'ancienne Vannerie Jouve.

Jusqu'au printemps de l'an passé, elle avait travaillé à la cabane tous les après-midi. Un dimanche de juin, cependant, elle a été prise de malaise. « *J'ai failli passer de l'autre côté !* » confie-t-elle. Heureusement, elle se trouvait chez des amis qui ont pu lui porter secours immédiatement.

À la veille de ses soixante-dix-neuf ans, elle a donc arrêté – provisoirement – son activité professionnelle. « *Jusqu'à cette date fatidique*, dit-elle, *je ne m'étais rendue compte ni de mon état de fatigue ni du temps qui passe* ». Depuis sa tuberculose, elle n'avait en effet plus été malade. « *Je me suis retrouvée pour la première fois sur un lit d'hôpital après un malaise à soixante-quinze ans* », poursuit-elle. Elle n'a jamais eu de rhumatismes, jamais connu ces douleurs si communes à un grand nombre d'ostréiculteurs, à force de travailler dans l'eau par tous les temps. Lorsque l'assistante de son ophtalmologiste lui proposait, il y a peu de temps encore, de venir faire contrôler sa vue avec sa liste de médicaments, elle répondait : « *quelle liste de médicaments ? Je n'en prends qu'un, et encore un tout petit pour mon cholestérol* ». Pendant plusieurs mois, Jeanne a dormi comme une marmotte. Mais cette année, sa belle-fille ayant dû se faire opérer à son tour, elle a repris du service de plus belle.

Quand elle n'est pas à la cabane, elle dort, lit son journal dans son lit, fait ses courses ou mange. « *Je n'ai pas perdu mon coup de fourchette*, dit-elle ; *chaque jour, je fais mes trois repas* ».

Le matin, après un réveil assez tardif, elle consacre une demi-heure à son petit-déjeuner. « *Je me fais griller des tartines que je beurre copieusement pour accompagner mon café*, raconte-t-elle ; *puis, dans la matinée, je prépare la cuisine pour mon déjeuner* ». Depuis son adolescence, elle a toujours aimé la cuisine, la faire et la manger. « *Par exemple, je vais accommoder un lapin de petits oignons, de lardons, de crème fraîche et de champignons. Faut ce qu'il faut !* » fait-elle en riant. Les civets, les blanquettes n'ont pas de secret pour elle. La seule chose qu'elle regrette aujourd'hui, c'est la perte de qualité des aliments. « *Autrefois, on faisait une cuisine saine, sans produits chimiques. On cuisinait les légumes selon leur saison de production parce qu'on les cultivait soi-même. C'est ce qui permettait de faire de la bonne cuisine à un moindre coût* ».

À midi, elle commence son repas par une ou deux entrées, souvent des crustacés. Vient ensuite un bon plat de résistance : *langoustines à la crème ou flambées, blanquette de veau, gigot avec des légumes. Puis, la salade, chaque jour d'une espèce différente, et enfin un dessert.*

Jeanne profite aussi de son temps libre pour rencontrer ses amies d'enfance. Elles se retrouvent le week-end ou l'été pour se divertir ensemble. « *Parfois, on prend la voiture pour aller déjeuner dans un restaurant du fond de l'île,* dit-elle ; *à d'autres occasions, on s'invite à la maison ou on organise des petites fêtes* ». L'an passé, Jeanne s'était déguisée en gitane lors de l'une de ces mémorables soirées. « *J'ai dansé comme une jeune fille jusqu'à deux heures du matin* », dit-elle.

Quand elle n'est pas avec ses amies, elle est avec ses enfants ou ses petits-enfants, ou encore avec la famille de Charles. Malgré sa disparition, elle reste très liée à eux. Elle côtoie aussi régulièrement toute sa parentèle de l'île. Lorsqu'ils n'habitent pas la même rue, le même village, ils résident à deux pas de là, à Saint-Trojan ou Dolus. Avec la voiture, les distances n'ont plus la même valeur aujourd'hui.

Enfin, Jeanne est toujours active dans la vie locale. Elle participe activement à l'organisation de manifestations telles que le Festival du Conte du Château d'Oléron. À quatre-vingts ans, elle n'a rien perdu de son charisme d'autrefois. Elle arrive encore à imposer sa manière de voir la décoration d'un plat, l'organisation d'un bouquet de fleurs.

Aujourd'hui, Jeanne se contente de vivre au jour le jour. « *La cabane, j'y vais par plaisir* », dit-elle. Le travail ne lui a jamais pesé parce que le métier lui a toujours plu. « *Avec Charles, on a beaucoup travaillé mais on était heureux parce qu'on était tous les deux*, confie-t-elle ; *c'était la chose primordiale* ». Elle est fière de la vie qu'ils ont menée. « *Ma seule ambition aujourd'hui*, poursuit-elle, *ce serait de construire deux maisons dans le fond de mon jardin pour mes petits-enfants que j'adore* ». Mais ses enfants s'y opposent.

Jusqu'à ce matin de juin, elle vivait sans le moindre doute. Depuis, elle est entrée dans une nouvelle phase de sa vie. Parfois, quand lui vient un trou de mémoire, son petit-fils la taquine : « *attention, mamy, l'oiseau bleu te guette !* » Cette boutade est née d'une méprise. Il existe, dans une commune avoisinante, une maison de retraite qui porte le nom d'Oiseau bleu. Un jour, la belle-sœur de Jeanne est entrée à la cabane au moment où elle était en train d'en parler. « *Tu veux aller à l'Oiseau bleu ?* » l'interrogea-t-elle, surprise. « *Non*, fait Jeanne en riant, *je n'ai jamais eu envie de finir ma vie dans une maison de retraite. Si un jour je ne devais plus être autonome, j'aimerais que quelqu'un vienne s'occuper de moi à la maison*, dit-elle. *J'aurai les moyens financiers de m'offrir une garde-malade. Tout est prévu de ce côté-là.* »

Son désir, c'est de rester près de ses enfants. Chaque matin, Colette jette un œil par la fenêtre pour vérifier que ses contrevents sont ouverts. Que tout se passe normalement. Jeanne sait qu'elle a le privilège d'être entourée par ses enfants et par les très nombreux amis que la famille s'est constitué depuis cinq générations. « *Quand Charles est mort*, dit-elle, *j'ai perdu six kilos en quinze jours. Ma peine était immense. Mais mon entourage m'a aidée à reprendre le dessus* ».

Jeanne sait qu'elle ira un jour rejoindre l'homme de sa vie dans l'éternité. Le seul, l'unique qu'elle ait aimé. Elle estime avoir le caractère facile et les idées larges mais porte néanmoins un regard sceptique sur la libéralisation sexuelle d'aujourd'hui. « *À mon époque*, dit-elle, *on était toute une bande de filles. On s'amusait. On plaisantait. On ouvrait le bal et on le fermait mais on n'aurait jamais pensé un seul instant à faire l'amour avec un garçon. Ça me révolte*, poursuit-elle, *de voir des gamines, encore sur les bancs de l'école, avoir des relations sexuelles à droite à gauche sous prétexte qu'elles prennent la pilule. Que feront-elles une fois mariées ?*, s'insurge-t-elle, indignée ; *elles ressasseront dans leur tête leurs aventures d'autrefois et les raconteront à leurs enfants. Moi je n'en ai connu qu'un. Faisait-il bien, faisait-il mal, je n'en sais rien, je ne veux pas le savoir. Mais ça m'aurait fait mal au cœur de m'en aller coucher avec un autre* ».

Le jour où Jeanne a décidé d'épouser Charles, elle était sûre de ses sentiments. « *J'avais connu des amis à droite à gauche, des militaires, mais je ne me suis pas arrêtée à eux. J'ai choisi celui qui me plaisait, je n'ai pas cherché la situation* ». Charles était arrivé dans sa vie avec son couteau en poche. Comme Jeanne fera plus tard à propos de Colette, Emile avait fait son enquête sur sa famille pour savoir qui étaient les Fillon. Mais ce qu'elle chercha elle, pendant toute la période de leurs fréquentations, ce fut à cerner le caractère de l'élu de son cœur. « *Il faut s'étudier*, dit-elle ; *ça ne veut pas dire qu'on ait toujours les mêmes idées, qu'on soit d'accord sur les mêmes problèmes, mais ça s'étudie* ». C'est là sa recette d'un mariage heureux.

Alors mourir, elle s'en fiche. « *Partir tout d'un coup, c'est la plus belle mort qui puisse exister* », pense-t-elle. « *La seule chose que je demande, c'est de voir mes petits-enfants une dernière fois, c'est tout* ». Ce qu'elle ne voudrait pas, c'est d'être handicapée et de créer des soucis à ses enfants.

Mais qui parle de mourir ? Jeanne n'est-elle pas faite du même bois que son grand-père Augustin et que son père Louis, qui vécurent jusqu'à quatre-vingt-seize et quatre-vingt-douze ans respectivement ? Pour elle vient de commencer le bel automne de sa vie.

20 mars 1999.

Bibliographie

ALPERN *(Sara)*, ANTLER *(Joyce)*, ISRAELS PERRY *(Elizabeth) and* WINTHER SCOBIE *(Ingrid) 1992. The Challenge of Feminist Biography, Writing the Lives of Modern American Women. University of Illinois Press, 210 p.*

ANCELIN-SCHÜTZENBERGER *(Anne) 1993. Aïe, mes aïeux ! Paris, Éditions Epi/La Méridienne, 206 p.*

ANGLADE *(Francis)*, BERNARD *(Gilles)*, FOURNET *(Philippe)*, SOUMAGNE *(Jean) 1987. La Charente-Maritime aujourd'hui milieu, économie, aménagement. Jonzac, Université francophone d'été Saintonge-Québec, 260 p.*

ARCERE (Louis Etienne) 1756-57. Histoire de la Ville de La Rochelle et du pays d'Aunis, édition de La Rochelle, tome I.

ARNOLD (Ludwig M.) 1997. How Do We Know Who We Are ? A Biography of the Self. New York, Oxford University Press, 292 p.

AUDET-PERRIER (Dominique) 1997. Les premiers pas du chemin de fer en Charentes, Mythe et Réalité, 1836-1883. Paris, Le Croît Vif, 455 p.

AUSONE, Epist. IX (traduction d'Arcy-Thompson), p 191-192.

BAZERBES (Jean-Jacques) 1985. Il était une fois... Le Château d'Oléron, Le Château d'Oléron, Édition Centre d'Ethnologie Atlantique, 64 p.

BECKER (Jean-Jacques) 1987. La France en guerre, 1914-1918, La grande mutation. Paris, Éditions complexe, 221 p.

BEGON (Michel) 1698. Mémoire sur la généralité de la Rochelle. Rochefort, Théze, 1893, 37 p.

BERTAUX (Daniel) 1997. Les récits de vie, Paris, Éditions Nathan, 128 p.

BIERRY (R.) et GOUZON (B.) 1939. Les huîtres de consommation à travers les âges, biologie élevage production valeur alimentaire et salubrité. Paris. J.-B. Baillière & Fils (Actualités scientifiques et industrielles) 136 p.

BLANCHON (Pierre) 1931. Les îles de Saintonge et d'Aunis. La Rochelle, F. Pijollet, 168 p.

BLOND (Georges et Germaine) 1960. Histoire pittoresque de notre alimentation. Paris, Librairie Arthème Fayard.

BONNEFOUS (Édouard) 1985. Avant l'oubli, La vie de 1900 à 1940. Paris, Laffont/Nathan, 564 p.

BOISMORAND (Pierre) BOSSY (Freddy) VATINEL (Denis) 1998. Protestants d'Aunis, Saintonge et Angoumois. Paris, Le Croît Vif (Collection Documentaires), 270 p.

BOUTET (Gérard) 1981. Ils étaient de leur village... Le Temps des Guerres 1914-1939. Paris, Denoël, 338 p.

BRACONNIER (Alain) 1996. Le sexe des émotions. Paris, Odile Jacob (collection Psychologie), 209 p.

BROCCHI (Philippe) 1883. Traité d'ostréiculture. Paris, Librairie agricole de la maison rustique.

BURES (Maurice) [1908] 1991, Le Type Saintongeais. Paris, Le Croît Vif (Collections Documentaires), 141 p.

CHAPSAL (Madeleine) 1994. Ce que m'a appris Françoise Dolto. Paris, Fayard.

COENEN-HUTHER (Josette) 1994, La mémoire familiale. Paris, L'Harmattan (Logiques sociales), 268 p.

COLES (Danielle), GOUSSAULT (Bénédicte) 1995. Le récit de vie ; transmettre de femmes en femmes. Lyon, éditions Chronique Sociale, 177 p.

COLINVAUX (Paul) 1982. Invitation à la science de l'écologie. Paris, Seuil (Collection Points), 250 p.

COMBES (Jean), FORTIN (Jacqueline) 1995. En Charente-Maritime, Notre école au bon vieux temps. Lyon, Éditions Horvath, 127 p.

COMBES (Jean), FORTIN (Jacqueline) 1990. La Charente-Maritime Autrefois (1870-1939). Horwath (Collection Vie quotidienne autrefois), 144 p.

COREM (R.C.) (textes réunis sous la direction de) 1975. Le manuel Montessori. Paris, éditions Denoël/Gonthier.

COSTE (Victor) 1861, réédition 1993. Voyage d'exploration sur le littoral de la France et de l'Italie. Musée Maritime de La Tremblade, 295 p.

CROSBY (Alfred W.) 1986. Ecological Imperialism, The biological expansion of Europe, 900-1900. Cambridge, Great Britain, Cambridge University Press, 368 p.

DALIDO (Pierre) 1948. L'huître du Morbihan. Paris, Librairie Rivière et Cie, 150 p.

DANEY (Charles) et BOYE (Michel) (collectif) 1993. Une

histoire du bassin, Arcachon, entre Landes et Océan. Bordeaux, Mollat.

DANIEL (Jacques) 1993. L'Éguille en Saintonge. Saint-Jean d'Angély, Bordessoules, 450 p.

DE JANZE (Gilles) 1998. La généalogie. Rennes, Ouest-France, 224 p.

DELAFOSSE (Marcel) 1994. Petite Histoire de l'île d'Oléron. La Rochelle, Rupella, 194 p.

DELBOS (G.), JORION (P.) 1984. La transmission des savoirs. Paris, Maison des Sciences de l'Homme.

DELEAGE (Jean-Paul) 1991. Une histoire de l'écologie. Paris, Découverte (Collection Points), 324 p.

DEVEAU (Jean-Michel) 1974. Histoire de l'Aunis et de la Saintonge. Paris, PUF (« Que sais-je ? »), 126 p.

DIDEROT (Denis) et D'ALEMBERT 1751-1765. Encyclopédie ou Dictionnaire raisonné des Sciences, des Arts et des Métiers (17 volumes). Paris, chez Briasson, David, Le Breton, Durand ; Neuchâtel, chez Samuel Faulche et Cie.

DUBREUIL (Bernard) 1950. L'industrie coquillière en France. Étude administrative et économique. Imp. Réunies de Senlis.

FLANDRIN (Jean-Louis) 1984. Familles, Parenté, maison, sexualité dans l'ancienne société. Paris, Seuil (Collection L'univers historique), 285 p.

GARRISSON (Janine) 1988. La vie des protestants au XVIe siècle. Paris, Fayard (Collection Nouvelles études historiques), 413 p.

GAUTRET (J.) 1888. L'huître de la Seudre. Montpellier,

Imprimerie Serre et Ricome, 59 p.

GENET (Christian), MOREAU (Louis) 1983. Les deux Charentes sous l'Occupation et la Résistance, tome 1. Gémozac, 224 p.

GRAND (S.) 1882. L'industrie huîtrière à Marennes. Paris, Michelet éditeur

GRELON (Michel) 1973. Saintonge, Pays des Huîtres Vertes. La Rochelle, Éditions Rupella, 361 p.

GUILLOU (Anne) 1996. Les Femmes, la terre, l'argent, Guiclan en Léon. Rennes Les bibliophiles de Bretagne, Coop Breizh, p. 222.

GUTKIND (Lee) 1997. The Art of Creative Nonfiction, Writing and Selling the Literature of Reality. New York, John Wiley & Sons, Inc., 211 p.

HEILBRUN (Carolyn G.) 1988. Writing a Woman's Life. New-York, WW Norton & Co. 144 p.

HERVE (Paul) 1935. Les huîtres. Barbault, 220 p.

INSEE, 1995. Les femmes. Paris, INSEE, Coll. Contours et Caractères, 217 p.

JOANNE (Adolphe) 1869 réédition 1994. Département de la Charente Inférieure. Paris, Hachette, 100 p.

JULIEN-LABRUYERE (François) 1980. À la recherche de la Saintonge maritime. La Rochelle, Rupella, 348 p.

JULIEN-LABRUYERE (François) 1982. Paysans Charentais, Histoire des campagnes d'Aunis, Saintonge et bas Angoumois, Tome I, 524 p. Économie Rurale. Tome 2, Sociologie Rurale, 429 p., La Rochelle, Rupella.

KLEIN (Francine) 1991. Apprendre à penser, apprendre à

aimer. Paris, Odile Jacob, 135 p.

LAFON (Philippe) 1985. Souvenirs de l'île d'Oléron, tome I, Physionomie des villages au début du siècle. La Rochelle, Rupella, 245 p.

LAPORTE (Henri) 1998. Journal d'un poilu. Paris, Mille et Une nuits, 133 p.

LAVALLEE (Jean) 1996. La production de l'ostréiculteur, L'homme de l'estran. Paris, Éditions L'Harmattan (Collection Logiques Sociales), 190 p.

LECLERC (Annie) 1974. Parole de femme. Paris, Grasset & Fasquelle, 196 p.

LEMONNIER (Pierre) 1980. Les salines de l'ouest, logique technique, logique sociale. Presse Universitaire de Lille, Maison des Sciences de l'hommes.

LEMONNIER (Pierre) 1984. Paludiers de Guérande. Institut d'Ethnologie.

LE TERME (Charles-Esprit) [1826] 1987. Règlement général et notice sur les marais de l'arrondissement de Marennes. Saint-Pierre d'Oléron, LOCAL, 30 + 320 p.

LEVY (Marie-Françoise) 1984. De mères en filles, l'éducation des Françaises 1850/1880. Paris, Calmann-Lévy, 190 p.

LUC Jean-Noël (sous la direction de) 1981. La Charente-Maritime, L'Aunis et la Saintonge des origines à nos jours. Saint-Jean d'Angély, Bordessoules, 486 p.

MAHE (Jean-Louis) 1994. Moules et mytiliculture en baie de l'Aiguillon. La Rochelle, Rumeur des Ages, 135 p.

MAZOYER (Marcel), ROUDART (Laurence) 1997. Histoire des Agricultures du Monde, du Néolithique à la crise contemporaine. Paris, Seuil, 531 p.

MCCAY (Bonnie J.), ACHESON (James M.) editors 1987. The Question of the Commons, The Culture and Ecology of Communal Resources. Tucson, Arizona, the University of Arizona Press, 440 p.

MICHELET (Claude) 1996. Histoires des paysans de France. Paris, Robert Laffont, 302 p.

MILLET (C.) 1870. La culture de l'eau. Alfred Marne & Fils.

MIQUEL (Pierre), POIRIER (Jacques). La vie privée des hommes « au temps de la grande guerre… ». 1914-1918. Paris, Hachette.

MONTESSORI (Maria) 1996. La formation de l'homme. Paris, Desclée de Brower, 137 p.

MUCCHIELLI (Alex) 1981. Les mécanismes de défense. Paris, PUF, 124 p.

ORFILA (Gérard) 1990. Droit de la Conchyliculture et de l'Aquaculture Éditions Bordessoules, 166 p.

PAPY (Louis) 1937. Aunis et Saintonge. Grenoble, B. Arthaud, 176 p.

PERNOUD (Régine) 1965. Aliénor d'Aquitaine. Paris, Albin Michel, 300 p.

PICHOT-LOUVET (Joseph) 1982. Les huîtres de Cancale. Rennes, Les amis des bisquines et du vieux Cancale, 226 p.

PLINE 1948. Histoire Naturelle (traduite par E. Littré). Livre IX, tome 1. Paris, J.-J. Dubochet, 880 p.

POROT (Maurice) 1993. L'enfant de remplacement. Paris, Frison Roche, 246 p.

RANSON (G.) 1943. La vie des huîtres. Paris, Gallimard (NRF), 261 p.

REBERIOUX (Madeleine) 1975. La République Radicale, 1898-1914, Paris, Seuil, 253 p.

RIALLAND (Chantal) 1994. Cette famille qui vit en nous. Paris, Robert Laffont (Collection Réponses), 248 p.

ROCHE (Georges) 1898. La culture des Mers en Europe. Paris, Félix Alcan, 328 p.

SCHUMACHER (E.F.) 1973. Small is Beautiful, A Study of Economics as if People Mattered. London, Vintage Books, 260 p.

SEGALEN (Martine) 1996. Sociologie de la famille. Paris, Armand Colin (Collection U), 296 p.

SIGOT (Jacques) 1994. Île d'Oléron : Promenade nostalgique. Montreuil Bellay, Éditions CDM, 48 p.

SINSOILLIEZ (Robert) 1994. La Bataille des pêcheries. Saint-Malo, l'Ancre de marine, 274 p.

SONTAG (Susan) 1993. La maladie comme métaphore. Paris, Christian Bourgeois (Choix-Essais), 236 p.

TARDY (Pierre) 1987. Sel et Sauniers d'hier et d'aujourd'hui. Sainte-Marie de Ré, Groupement d'études rétaises, 317 p.

TESSONNEAU (Rémy) 1981. Le carré magique de la vie saintongeaise. La Rochelle, Rupella, 267 p.

TESSONNEAU (R.), LENE (R.), GREGOR (G.) 1987, Trois moutons noirs de Saintonge 1908-1932. La Rochelle, Rupella, 239 p.

THOMAS (Paul) 1926 réédition 1985. L'île d'Oléron à

travers les siècles : esquisse du passé. Saint-Pierre d'Oléron, LOCAL, 194 p.

THOMAS (Paul), réédition 1985, La Réforme dans l'Île d'Oléron. Saint-Pierre d'Oléron, LOCAL, 121 p.

TISSERON (Serge) 1996. Secrets de Famille Mode d'Emploi. Paris, Ramsay Archimbaud, 135 p.

TROTEREAU (Jeanine) 1986. Retrouver ses racines. Paris, Dargaud, 192 p.

VAN TILBEURGH (Véronique) 1994. L'huître, le Biologiste et l'Ostréiculteur. Paris, L'Harmattan (Collection Logiques Sociales), 248 p.

VIGE (Éliane et Jimmy) 1990. Brouage ; 2, capitale du sel et patrie de Champlain. Saint-Jean d'Angély, Bordessoules, 357 p.

VINCENT (instituteur) 1899. Note géographique et historique sur la commune de Marennes. (manuscrit inédit), 58 p.

VRAY (Nicole) 1990. Les femmes dans l'Ouest au XIXe siècle, 1800-1870. Rennes, Ouest-France, 252 p.

VRAY (Nicole) 1993. Protestants de l'Ouest. Rennes, Ouest-France, 274 p.

VRAY (Nicole) 1997. La guerre des religions dans la France de l'Ouest, Poitou-Saintonge, 1534-1610. La Crèche, Gestions Édition, 264 p.

WEYL-KAILEY (Luisiane) 1985. Victoires sur les maths. Paris, éditions Robert Laffont, 204 p.

REVUES ET ARTICLES DE JOURNAUX

Archives de la Congrégation des Filles de la Sagesse 1993. Filles de la Sagesse en Oléron, Saint-Laurent-sur-Sèvre.

L'architecture de l'île d'Oléron, 1. Architecture rurale, Les Cahiers d'Oléron (15).

BOURDIEU (Pierre) 1972. Les stratégies matrimoniales dans le système de reproduction. Annales ESC, juillet-octobre 4-5, 27, p. 1110-1130.

COLLECTION 1944-1959. La république de Marennes.

COLLECTION 1850-1940. Le Journal de Marennes.

COLLECTION 1960-1998. Le Littoral.

COLLECTION 1986-1997. L'ostréiculteur français.

COSQUERIC (Raymond) 11-12 octobre 1997. Une fédération interrégionale « Femmes du Littoral », Les épouses dans le sillage de la loi, Ouest-France.

COUGOT (Roger) 24 avril 1987. Femme d'ostréiculteur, Dominique, les bottes aux pieds, Ouest-France.

DDE Charente-Maritime novembre 1995. Charte architecturale et paysagère des marais conchylicoles (document d'étude).

DE CROZET (Aliette) juillet 1997. La vie multiple des agricultrices, Marie-France Magazine.

De la dune à la forêt, Trois siècles de lutte dans l'île d'Oléron, 3. La faune la flore, Les Cahiers d'Oléron (12).

DENIAU (Pierre), CHAGNEAU (Gérard) 1994. La vigne dans l'île d'Oléron, 1- Histoire du Vignoble, Les Cahiers d'Oléron (16).

FRUSTIER (Pierre) 1995. Journaux et Revues, un siècle d'information insulaire, Les Cahiers d'Oléron (19).

GAUBERT (Yves), LAGARDE (Henri) février 1988. Les chantiers navals conchylicoles, L'Ostréiculteur Français.

GENET (Christian), Moreau (Louis) 1987. La libération de l'île d'Oléron. Nos deux Charentes en cartes postales anciennes (46). Gémozac, 36 p.

GUIDE COLLECTIF 1985. Île d'Oléron, Saint-Pierre d'Oléron, éditions Local.

MOQUAY (Mme H.) 1977. Les marais salants de Saintonge et, particulièrement de l'île d'Oléron, Aguiaine.

DUPRAT, NORMAND, ET AL. 1987, Le site gallo-romain de Port-des-Barques, Société de Géographie de Rochefort.

FOURNIE (Christelle) 4 juillet 1997. Marennes : les conchylicultrices attendent les décrets d'application de la loi pêche et Dominique Richiero : pour ne plus être rien, Le Marin.

LE MEUR (Jacques) juin-juillet 1997. Loi d'orientation pêche : les conchylicultrices à la recherche d'un statut, L'Ostréiculteur Français.

LE MEUR (Jacques) novembre-décembre 1997. Femmes du Littoral : défendre l'ensemble des milieux maritimes, L'Ostréiculteur Français.

QUETIER (Annick et Georges) 1981-1993. Pleine Mer.

SIMON (Philippe) 26 septembre 1997. Loi pêche : adoptée à l'unanimité, Ouest-France.

ANONYME 7 mars 1997. Pêche : Orienter la filière, Sud-Ouest.

RAPPORTS UNIVERSITAIRES ET PUBLICATIONS SCIENTIFIQUES

BAILLY (Denis) 1994. Économie des Ressources Naturelles communes, la gestion des bassins conchylicoles (thèse de doctorat), Faculté des Sciences Économiques de Rennes.

BAILLY (Denis) 1991. Aspects économiques et sociaux de la gestion des bassins conchylicoles : le cas de Marennes-Oléron, Copenhague, ICES. Mar. Sci. Symp. (192), p. 234-241.

BAILLY (Denis) 1994. Analyse économique de l'ostréiculture et gestion des stocks en élevage à Marennes-Oléron, Ifremer, contrat Oïkos Environnement.

DELTREIL (Jean-Pierre) 1997. Historique de l'ostréiculture dans le bassin d'Arcachon, Ifremer-Arcachon, 62 p.

GASQUET (Raphaël) 1996. Historique et évolution de la conchyliculture dans la baie du Mont Saint-Michel, Institut National Agronomique Paris-Grignon.

GOULLETQUER (Philippe) janvier 1995. Cultures marines en eaux profondes dans les pertuis charentais : détermination des zones propices à l'élevage d'huîtres Crassostrea gigas, Ifremer, La Tremblade, 30 p.

HERAL (Maurice) juin 1986. Évolution et état du cheptel ostréicole dans le bassin de Marennes-Oléron : intérêt d'une régulation, Laboratoire national écosystèmes conchylicoles, station de La Tremblade, La Tremblade, 35 p.

LEGUE-DUPONT (Pascale) 1986. Ethnologie des ostréiculteurs de Bourcefranc-Le-Chapus, Ifremer.

LEGUE-DUPONT (Pascale) 1990. La moisson des marins-paysans, l'huître et ses éleveurs dans le bassin de Marennes-Oléron (thèse de doctorat). Paris, EHESS.

LEGUE-DUPONT (Pascale) mars 1996. Cinq ans après. L'ostréiculture de Marennes-Oléron, Agriculture Nutrition Development SCP (and)/Ifremer, contrat N° 93/5 526037.

MADELIN (Odile) 1983. La protection sociale des marins de Colbert à nos jours (thèse de doctorat en médecine). Tours, faculté de médecine.

MENARD (Jean-Luc) 1988. L'ostréiculture dans le bassin de Marennes-Oléron, rapport de stage.

MOQUAY (Mme H.) janvier-février 1977, p. 29-145, mars-avril 1977, p. 134-135, mai-juin 1977, p. 205-216, juillet-août 1977, p. 286-296, septembre-octobre 1977, p. 381-391, novembre-décembre 1977, p. 444-448.

RIAND (Rémy) 1971. Sociologie de l'ostréiculture dans le bassin de Marennes-Oléron (thèse de 3e cycle), Université d'Orléans-Tours.

SIMON (Catherine) 1985. L'Influence économique anglo-saxonne dans les Charentes à travers l'histoire du Cognac, Université de la Sorbonne-Paris III.

TEXTES JURIDIQUES

– Décret n° 98-851 du 15 septembre 1998.

– Loi n° 97-1051 du 18 novembre 1997 d'orientation sur la pêche maritime et les cultures marines.

– Décret N° 95-631 du 5 mai 1995 relatif à la conservation des habitats naturels et des habitats d'espèces sauvages d'intérêt communautaire.

– Décret n° 94-340 du 28 avril 1994 relatif aux conditions

sanitaires de production et de mise sur le marché de coquillages vivants.

– Loi n° 92-3 du 3 janvier 1992 sur l'eau.

– Directive 92/43 CEE Habitats Naturels.

– Directive du 15 juillet 1991 fixant les règles sanitaires régissant la production et la mise sur le marché de mollusques bivalves vivants, journal officiel des Communautés européennes (L 268/1).

– Directive du conseil n° 67/91 du 28 janvier 1991 relative aux conditions de police sanitaire régissant la mise sur le marché d'animaux et de produits d'aquaculture (JO des Communautés européennes, (L 46), p. 1, 19 février 1991).

– Décret n° 87-756 du 14 septembre 1987 modifiant le décret n° 83-228 du 22 mars 1983 fixant le régime de l'autorisation des exploitations de cultures marines (JO, 15 septembre 1987, p. 10729).

– Décret n° 86-1252 du 5 décembre 1986 relatif au contenu et à l'élaboration des Schémas de Mise en Valeur de la Mer.

– Loi n° 86-2 du 3 janvier 1986 relative à l'aménagement, la protection et la mise en valeur du littoral.

– Décret n° 83-228 du 22 mars 1983 fixant le régime de l'autorisation des exploitations de cultures marines (JO, 25 mars 1983, p. 918).

– Loi de décentralisation du 9 janvier 1983.

– Règlement CEE n° 3791-81 du 29 décembre 1981.

– Décret n° 81-982 du 30 octobre 1981 portant application à la conchyliculture de l'Ordonnance n° 45-11813 du 14 août 1945 portant réorganisation des pêches maritimes.

– Décret n° 79-518 du 29 juin 1979 relatif aux concessions d'endigage et d'utilisation des dépendances du Domaine Public Maritimes dans ce domaine en dehors des ports.

– Directive 79/409 CEE.

– Décret n° 67-690 du 7 août 1967 relatif aux conditions d'exercice de la profession de marin (JO du 13 août 1967).

– Loi n° 65-551 (recrutement en vue de l'accomplissement du service national) du 9 juillet 1965.

– Plan Macé 1965.

– Décret du 23 janvier 1963.

– Arrêté n° 733 du 17 février 1958.

– Décret n° 57-1364 du 30 décembre 1957 créant le CIC.

– Ordonnance n° 45-1813 du 14 août 1945 portant réorganisation des pêches maritimes.

– Décret du 20 août 1939.

– Loi du 4 mai 1930 ayant pour objet de réorganiser la protection des monuments naturels et des sites de caractère artistique, historique, scientifique, légendaire ou pittoresque du 4 mai 1930.

– Décrets du 21 décembre 1915, 28 mars 1919, modifiés en 1927, 1931 puis 1955.

– Loi du 10 juillet 1897 (les concessions sur le DPM n'étaient sujettes à payer une redevance au trésor que lorsqu'elles étaient accordées à des non-inscrits).

– Loi du 24 décembre 1896 sur l'inscription maritime.

– Rapport du comité consultatif des pêches au Journal Officiel du 7 juillet 1889, p 310.

– Loi du 28 juin 1881 (patente).

– Circulaire administrative du 13 juillet 1881.

– Arrêté du 17 avril 1873.

– Loi du 20 décembre 1872, imposée le 1er janvier 1874.

– Décrets de 9 janvier 1852, 4 juillet 1853, 19 novembre 1859, 17 avril 1873.

– Ordonnance de la Marine, août 1681.

– Ordonnance d'août 1673.

– Statut des gens de mer (document Affaires Maritimes Marennes).

– La navigation maritime, titres de navigation, document Affaires Maritimes.

– Occupation des zones conchylicoles, document Schéma de Mise en Valeur de la Mer, Section Régionale Conchylicole, Marennes-Oléron.

sur internet (4 sites) (http : //www.atréide.net/rendez-vous/francs.htm) et autres.

Remerciements

Je voudrais dire ici ma profonde gratitude aux deux personnes sans qui cet ouvrage n'aurait pu voir le jour : tout d'abord à Jeanne, qui a bien voulu me faire cadeau du récit de sa vie et qui, tout au long de nos rencontres, m'a nourrie de son optimisme et de son dynamisme. Ensuite, à mon mari, Philippe Goulletquer, qui m'a accompagnée et soutenue jour après jour sur ce chemin pour moi encore inconnu.

Je voudrais encore remercier ici tous ceux qui, d'une manière ou d'une autre, ont également contribué à la réalisation de ce livre :

Françoise Duroux, pour ses encouragements, Michel Valière pour ses conseils ;

Michel et Colette Parent, Jean-Marc Fraignieau, Ginette Bertrand, Henri Moreau, Alain Bertin, Laurent Champeaux, M. et Mme Max Grandillon, Sonia de Borodaewski, René et Jeanne Voluzan pour leurs témoignages ;

Daniel Masson, Annick Radenac, Michelle Lexcellent, Florence Rivet, Marguerite Goulletquer, Jacky Laugraud, Jacqueline Fortin, Philippe Favrelière, Laurent Brégeon pour leur aide documentaire ;

Bernard Poirier, Dominique Massé, Marielle Guillo, Liliane Beaurain, Annie Héral Vieau, Roger Koiranski, Catherine et Joël Renaud pour leur relecture et leurs judicieux commentaires ;

ainsi que les nombreux professionnels des organismes suivants qui m'ont toujours apporté leur concours avec la plus grande amabilité : Archives départementales de la Charente-Maritime, Institut Français de Recherche pour l'Exploitation de la Mer, Service Historique de la Marine de Rochefort, ENIM-Paimpol, Affaires Maritimes de Marennes, CAAM-Saint-Malo, Mutualité Sociale Agricole, Chambre d'Agriculture de la Charente-Maritime, Bibliothèque municipale de Rochefort, SEFCO, Mairie de Saint-Trojan, Mairie du Château-d'Oléron, Sœurs de la Sagesse, Association Professionnelle des Conchylicultrices du Bassin de Marennes-Oléron, Association Terres Marines, Étude Moquay, Musée Maritime de La Tremblade et tous ceux que j'aurais pu oublier.

Je voudrais rendre hommage, enfin, à tous les auteurs et à tous les êtres humains qui, au fil des siècles, ont tissé la mémoire du pays de Marennes-Oléron dont cette œuvre est le fruit.

Table des matières

LA GESTE

www.gesteditions.com

Par ce logo, nous témoignons d'une volonté de réduire les impacts environnementaux liés aux activités de l'imprimerie. Nous choisissons un imprimeur impliqué dans la réduction des gaz à effet de serre. Le choix de nos papiers assure que la production a été faite à partir d'un produit à base de bois et a suivi le cahier des charges d'une gestion durable des forêts européennes. Achevé d'imprimer chez Roto en Union européenne en juin 2020.

Mise en page : Caroline Poirault

Dépôt légal : premier semestre 2020

11, rue Norman-Borlaug
79260 La Crèche
05 49 05 37 22
contact@gesteditions.com